精選水滸傳

施耐庵　著

商務印書館

精選水滸傳

作　　　者：施耐庵

責任編輯：譚　玉　　謝江艷

出　　　版：商務印書館 (香港) 有限公司

　　　　　　香港筲箕灣耀興道 3 號東滙廣場 8 樓

　　　　　　http://www.commercialpress.com.hk

發行公司：香港聯合書刊物流有限公司

　　　　　　香港新界荃灣德士古道 220-248 號荃灣工業中心 16 樓

印　　　刷：中華商務彩色印刷有限公司

　　　　　　香港新界大埔汀麗路 36 號中華商務印刷大廈

版　　　次：2024 年 3 月第 1 版第 4 次印刷

　　　　　　©2010 商務印書館 (香港) 有限公司

　　　　　　ISBN 978 962 07 1915 8

　　　　　　Printed in China

目 錄

一 高俅發跡

話説故宋哲宗皇帝在時，東京開封府汴梁，宣武軍便有一個浮浪破落戶子弟，姓高，排行第二，自小不成家業，只好刺槍使棒，最是踢得腳好氣毬。京師人口順，不叫高二，都叫他做高毬。後來發跡，便將氣毬那字去了"毛旁"，添作"立人"，改作姓高，名俅。這人吹彈歌舞，刺槍使棒，相撲頑耍，亦胡亂學詩書詞賦；若論仁義禮智，信行忠良，卻是不會，只在東京城裏城外幫閒。因幫了一個生鐵王員外兒子使錢，每日三瓦兩舍，風花雪月，被他父親在開封府裏告了一紙文狀，府尹把高俅斷了二十脊杖，送配出界發放，東京城裏人民不許他在家宿食。高俅無計奈何，只得來淮西臨淮州，投奔一個開賭坊的閒漢柳大郎。這人平生專好招納四方不乾淨漢子。

高俅投託得柳大郎家，一住三年。後來哲宗天子因拜南郊，感得風調雨順，放寬恩，大赦天下，那高俅在臨淮州因得了赦宥罪犯，思量要回東京。這柳世權卻和東京城裏金梁橋下開生藥舖的董將士是親戚，寫了一封書札，收拾些人事盤纏，打發高俅回東京投奔董將士家過活。

當時高俅辭了柳大郎，背上包裹，離了臨淮州，迤邐回到東京，逕來金梁橋下董生藥家下了這一封書。董將士一見高俅，看了柳世權來書，自肚裏尋思道：

"這高俅，我家如何安得着他？若是個志誠老實的人，可以容他在家出入，也教孩兒們學些好，他卻是個幫閒破落戶，沒信的人，亦且當初有過犯來，被斷配出境的人，舊性未必肯改，若留住在家中，倒惹得孩兒們不學好了。"待不收留他，又撇不過柳大郎面皮，當時只得權且相留在家宿歇，每日酒食管待。

住了十數日，董將士思量出一個路數，將出一套衣服，寫了一封書簡，對高俅說道："小人家下螢火之光，照人不亮，恐後誤了足下。我轉薦足下與小蘇學士處，久後也得個出身。足下意內如何？"高俅大喜，謝了董將士。董將士使個人將着書簡，引領高俅逕到學士府內，門吏轉報。小蘇學士出來見了高俅，看了來書，知道高俅原是幫閒浮浪的人，心想道："我這裏如何安着得他？不如做個人情，薦他去駙王晉卿府裏做個親隨；人都喚他做小王都太尉，他便歡喜這樣的人。"當時回了董將仕書札，留高俅在府裏住了一夜。次日，寫了一封書呈，使個幹人送高俅去那小王都太尉處。這太尉乃是哲宗皇帝妹夫，神宗皇帝的駙馬。他喜愛風流人物，正用這樣的人，一見小蘇學士差人持書送這高俅來，拜見了便喜，收留高俅在府內做個親隨。自此，高俅遭際在王都尉府中，出入如同家人一般。

自古道："日遠日疏，日親日近。"忽一日，小王都太尉慶生辰，分付府中安排筵宴；專請小舅端王。這端王乃是神宗天子第十一子，哲宗皇帝御弟，現掌東駕，排號九大王，是個聰明俊俏人物。這浮浪子弟門風幫閒之事，無一般不曉，無一般不會，更無一般不愛；即如琴棋書畫，無所不通，踢毬打彈，品竹調絲，吹彈歌舞，自不必説。

當日，王都尉府中準備筵宴，請端王居中坐定，太尉對席相陪。酒進數杯，那端王起身淨手，偶來書院裏少歇，猛見書案上一對兒羊脂玉碾成的鎮紙獅子，極是做得好，細巧玲瓏。端王拿起獅子，不落手看了一回，道："好！"王都尉見端王心愛，便説道："再有一個玉龍筆架，也是這個匠人一手做的，卻不在手頭，明日取來，一併相送。"端王大喜道："深謝厚意；想那筆架必是更妙。"王都尉道："明日取出來送至宮中便見。"端王又謝了。兩個依舊入席，飲宴至暮，盡醉方散。

次日，小王都太尉取出玉龍筆架和兩個鎮紙玉獅子，着一個小盒子盛了，用黃羅包袱包了，寫了一封書呈，使高俅送去。高俅領了王都尉鈞旨，將着兩般玉玩器，懷中揣着書呈，逕投端王宮中來。院公引到庭門。高俅看時，見端王頭戴軟紗唐巾；身穿紫繡龍袍；腰繫文武雙穗縧；把繡龍袍前襟拽起扎揣在縧兒邊；足穿一雙嵌金線飛鳳靴；三五個小黃門相伴着蹴氣毬。高俅不敢過去衝撞，立在從人背後伺候。也是高俅合當發跡，時運到來，那個氣毬騰地起來，端王接個不着，向人叢裏直滾到高俅身邊。那高俅見氣毬來，也是一時的膽量，使個"鴛鴦拐"，踢還端王。端王見了大喜，便問道："你是甚人？"高俅向前跪下道："小的是王都尉親隨；受東人使令，送兩般玉玩器來進獻大王。有書呈在此拜上。"端王聽罷，笑道："姐夫真如此掛

心？"高俅取出書呈進上。端王開盒子看了玩器。都遞與堂候官收了去。卻先問高俅道："你原來會踢氣毬？你喚做甚麼？"高俅叉手跪覆道："小的叫高俅，胡亂踢得幾腳。"端王道："好，你便下場來踢一回耍。"高俅拜道："小的是何等樣人，敢與恩王下腳！"端王道："這是齊雲社，名為天下圓，但踢何妨。"高俅再拜道："怎敢。"三回五次告辭，端王定要他踢，高俅只得叩頭謝罪，解膝下場。才踢幾腳，端王喝采，高俅只得把平生本事都使出來奉承端王，那身分，模樣，這氣毬一似鰾膠黏在身上的！端王大喜，那肯放高俅回府去，就留在宮中過了一夜，次日，排個筵會，專請王都尉宮中赴宴。

王都尉當晚不見高俅回來，正疑思間，只見次日門子報道："九大王差人來傳令旨，請太尉到宮中赴宴。"王都尉出來見了幹人，看了令旨，隨即上馬，來到九大王府前，下了馬，入宮來見了端王。端王大喜，稱謝兩般玉玩器。入席飲宴間，端王說道："這高俅踢得兩腳好氣毬，孤欲索此人做親隨，如何？"王都尉答道："既殿下欲用此人，就留在宮中伏侍殿下。"端王歡喜，執杯相謝。至晚席散，王都尉自回駙馬府去，不在話下。

且說端王自從索得高俅做伴之後，留在宮中宿食。高俅自此每日跟隨端王，寸步不離。未兩個月，哲宗皇帝晏駕，沒有太子，文武百官商議，冊立端王為天子，立帝號曰徽宗，便是玉清教主微妙道君皇帝。登基之後，一向無事。忽一日，與高俅道："朕欲要抬舉你，但要有邊功方可陞遷，先教樞密院與你入名。"只是做隨駕遷轉的人。後來沒半年之間，直抬舉高俅做到殿帥府太尉職事。

高俅得做太尉，揀選吉日良辰去殿帥府裏到任。所有一應合屬公吏、衙將、都軍、監軍、馬步人等，盡來參拜，高殿帥一一點過，於內只欠一名八十萬禁軍教頭王進，半月之前，已有病狀在官，患病未癒。高殿帥大怒，喝道："胡說！既有手本呈來，卻不是那廝抗拒官府，搪塞下官？此人即是推病在家！快與我拿來！"隨即差人到王進家來，捉拿王進。

且說這王進卻無妻子，只有一個老母，年已六旬之上。牌頭與教頭王進說道："如今高殿帥新來上任，點你不着，軍正司稟說染病在家，見有患病狀在官，高殿帥焦躁，那裏肯信，定要拿你，只道是教頭詐病在家，教頭只得去走一遭。"王進聽罷，只得捱着病，進殿帥府，參見太尉，拜了四拜，躬身唱個喏，起來立在一邊。高俅道："你那廝便是都軍教頭王昇的兒子？"王進稟道："小人便是。"高俅喝道："這廝！你爺是街上使花棒賣藥的！你省得甚麼武藝？前官沒眼，參你做個教頭，如何敢小覷我，不伏俺點視！你託誰的勢要推病在家安閒快樂？"王進告道："小人怎敢；其實患病未痊。"高太尉罵道："賊配軍！你既害病，如何來得？"王進又告道："太尉呼喚，不敢不來。"高殿帥大怒，喝令："左右！拿下！加力與我打這廝！"眾多牙將都是和王進好的，只得與軍正司同告道："今日是太尉上任好日頭，權免此人這一次。"高太尉喝道：

"你這賊配軍！且看眾將之面饒恕你今日！明日卻和你理會！"

　　王進謝罪罷，起來抬頭看了，認得是高俅，出得衙門，歎口氣道："我的性命今番難保了！俺道是甚麼高殿帥，卻原來正是東京幫閒的圓社高二！比先時曾學使棒，被我父親一棒打翻，三四個月將息不起。有此之仇，他今日發跡，得做殿帥府太尉，正待要報仇。我不想正屬他管！自古道：'不怕官，只怕管。'俺如何與他爭得？怎生奈何是好？"回到家中，悶悶不已，對娘說知此事。娘道："我兒，'三十六着，走為上着'。只恐沒處走！"王進道："母親說得是。兒子尋思，只有延安府老种經略相公鎮守邊庭，他手下軍官多有曾到京師的，愛兒子使槍棒，何不逃去投奔他們？那裏是用人去處，足可安身立命。"當下母子二人商議定了。當夜收拾了行李衣服，細軟銀兩，做一擔兒打挾了，拴在馬上。等到五更，天色未明，王進自去備了馬，牽出後槽，把索子拴縛牢了，牽在後門外，扶娘上了馬，跟在馬後，趁五更天色未明，乘勢出了西華門，取路望延安府來。

　　且說王教頭母子二人自離了東京，免不了飢餐渴飲，在路一月有餘，忽一日，天色將晚，王進挑着擔兒跟在娘的馬後，口裏與母親說道："天可憐見！此去延安府不遠了，高太尉便要差人拿我也會不着了！"母子二人歡喜，在路上不覺錯過了宿頭，"走了這一晚，不遇着一處村坊，那裏去投宿是好？"只見遠遠地林子裏閃出一道燈光來。王進道："好了！遮莫去那裏陪個

高俅發跡

小心，借宿一宵，明日早行。”當時轉入林子裏來看時，卻是一所大莊院，一周遭都是土牆，牆外卻有二三百株大柳樹。

　　當時王教頭來到莊前，敲門多時，只見一個莊客出來。王進放下擔兒，與他施禮。莊客道：“來俺莊上有甚事？”王進答道：“實不相瞞，小人母子二人貪行了些路程，錯過了宿店，來到這裏，前不巴村，後不巴店，欲投貴莊借宿一宵。明日早行，萬望周全方便！”母子二人直到草堂上來見太公。那太公年近六旬之上，鬢髮皆白，王進見了便拜。太公連忙道：“客人休拜。你們是行路的人，辛苦風霜，且坐一坐。”太公叫莊客搬出飯來，二人吃了，引王進母子到客房裏安歇。

　　幾日後王進收拾要行。當日因來後槽看馬，只見空地上一個後生脫膊着，刺着一身青龍，銀盤也似一個面皮，約有十八九歲，拿條棒在那裏使。王進看了半晌，不覺失口道：“這棒也使得好了，只是有破綻，贏不得真好漢。”太公道：“客人莫不會使槍棒？”王進道：“頗曉得些。敢問長上，這後生是宅上何人？”太公道：“是老漢的兒子。”王進道：“既然是宅內小官人，若愛學時，小人點撥他端正，如何？”太公道：“恁地時十分好。”便教那後生：“來拜師父。”那後生那裏肯拜，心中越怒道：“阿爹，休聽這廝胡說！若吃他贏得我這條棒時，我便拜他為師！”王進道：“小官人若是不當真時，較量一棒耍子。”那後生就空地當中把一條棒使得風車兒似轉，向王進道：“你來！你來！怕你不算好漢！”王進只是笑，不肯動手。太公道：

"客官，既是肯教小頑時，使一棒，何妨？"王進笑道："恐衝撞了令郎時，須不好看。"太公道："這個不妨；若是打折了手腳，亦是他自作自受。"王進道："恕無禮。"去槍架上拿了一條棒在手裏，來到空地上使個旗鼓。那後生看了一看，拿條棒滾將入來，逕奔王進。王進托地拖了棒便走。那後生輪着棒又趕入來。王進回身把棒望空地裏劈將下來。那後生見棒劈來，用棒來隔。王進卻不打下來，對棒一掣，卻望後生懷裏直搠將來，只一繳。那後生的棒丟在一邊，撲地望後倒了。

太公大喜，教那後生穿了衣裳，一同來後堂坐下；叫莊客殺羊，安排酒食果品之類，請王進的母親一同赴席。太公起身勸酒，説道："師父如此高強，必是個教頭，小兒'有眼不識泰山。'"王進笑道："小人不姓張，俺是東京八十萬禁軍教頭王進的便是。這槍棒終日搏弄。為因新任一個高太尉，原被先父打翻，今做殿帥府太尉，懷挾舊仇，要奈何王進，小人不合屬他所管，只得母子二人逃上延安府去投託老种經略相公處勾當。不想來到這裏，得遇上父子二位如此看待；又蒙救了老母病患，連日管顧，甚是不當。既然令郎肯學時，小人一力奉教。只是令郎學的都是花棒，只好看，上陣無用。小人從新點撥他。"太公見説了，便道："我兒，可知輸了？快來再拜師父。"那後生又拜了王進。太公道："教頭在上：老漢祖居在這華陰縣界，前面便是少華山。這村便喚做史家村，村中總有三四百家都姓史。老漢的兒子從小不務農業，只愛刺槍使棒，不知使了多少錢財，投師父教他，又請高手匠人與他刺了這身花繡，肩膊胸膛，總有九條龍。滿縣人口順，都叫他做九紋龍史進。教頭今日既到這裏，一發成全了他亦好。老漢自當重重酬謝。"王進大喜道："太公放心；既然如此說時，小人一發教了令郎方去。"自當日為始，留住王教頭母子二人在莊上。史進每日求王教頭點撥十八般武藝，一一從頭指教。史太公自去華陰縣中承當里正，不在話下。

　不覺荏苒光陰，早過半年之上。史進十八般武藝，連斧、鉞並戈、戟、牌、棒與槍、扒等，一一學得精熟。多得王進盡心指教，點撥得件件都有奧妙。王進見他學得精熟了，自思在此雖好，只是不了，一日，相辭要上延安府去。史進那裏肯放，說道："師父只在此間過了。小弟奉養你母子二人以終天年，多少是好。"王進道："賢弟，多蒙好心，在此只恐高太尉追捕到來，負累了你，不當穩便。我一心要去延安府投着在老种經略處勾當。那裏是鎮守邊庭，用人之際，足可安身立命。"史進並太公苦留不住，只得安排一個席筵送行，托出一百兩花銀謝師。史進收拾了擔兒，備了馬，母子二人相辭史太公。望延安府路途進發。史進叫莊客挑了擔兒，親送十里之程，心中難捨。史進當時拜別了師父，灑淚分手，和莊客自回。王教頭依舊自挑了擔兒，跟着馬，母子二人自取關西路上去了。

二　魯智深拳打鎮關西

　　只說史進回到莊上，白日裏只在後莊射弓走馬。不到半載之間，史進父親太公染病患症，史進使人遠近求醫，不能痊可，太公歿了。自史太公死後，少華山上添了一夥強人，獵人們不敢上山打捕野味，史進對眾人說道："我聽得少華山上有三個強人，聚集着五七百小嘍囉打家劫舍。必然早晚要來俺村中囉噪。我今特請你眾人來商議。倘若那廝們來時，各家準備，遞相救護，共保村坊。"眾人道："我等村農只靠大郎做主，梆子響時，誰敢不來。"當晚眾人謝酒，準備器械。自此，史進修整門戶牆垣，安排莊院，整頓刀馬，不在話下。

　　且說少華山寨中為頭的神機軍師朱武，原是定遠人氏，能使兩口雙刀，雖無十分本事，卻精通陣法，廣有謀略；第二姓陳，名達，鄴城人氏，使一條出白點鋼槍；第三個好漢，姓楊，名春，蒲州解良縣人氏，使一口大桿刀。當日朱武與陳達、楊春說道："如今我聽華陰縣裏出三千賞錢，召人捉我們，誠恐來時要與他廝殺。只是山寨錢糧欠少，如何不去劫擄些來，以供山寨之用？"跳澗虎陳達道："說得是。如今便去華陰縣裏先問他借糧，看他如何。"白花蛇楊春道："不要華陰縣去，只去蒲城縣，萬無一失。"陳達道："蒲城縣人戶稀少，錢糧不多，不如只打華陰縣，那裏人富，錢糧廣有。"楊春道:"哥哥不知。若是打華陰縣時,須從史家村過。那個九紋龍史進是個大蟲,不可去撩撥他。"陳達那裏肯聽,點了一百四五十小嘍囉,鳴鑼擂鼓,下山望史家村去了。

且説史進正在莊前整製刀馬,只見莊客報知此事。就莊上敲起梆子來。那三四百家莊戶,聽得梆子響,一齊都到史家莊上。史進上了馬,綽了刀,前面擺着三四十壯健的莊客,後面列着八九十村的鄉夫及史家莊戶,都跟在後頭,一齊吶喊,直到村北路口。那陳達引了人馬飛奔到山坡下,將小嘍囉擺開。史進輪手中刀,驟坐下馬,來戰陳達。兩個交馬,鬥了多時,史進賣個破綻,讓陳達把槍望心窩裏搠來,史進卻把腰一閃,輕舒猿臂,款扭狼腰,只一挾,把陳達輕輕摘離了嵌花鞍,只一丢,丢落地,史進叫莊客把陳達綁了,回到莊上,把陳達綁在庭心內柱上,等待一發拿了賊首,一併解官請賞。眾人喝采:"不枉了史大郎如此豪傑!"

回去的人牽着空馬,奔到山前,只叫道:"苦也!陳家哥哥不聽二位哥哥所説,送了性命!"朱武道:"我的言語不聽,果有此禍!"楊春道:"我們盡數都去與他死拚,如何?"朱武道:"你如何拼得他過?我有一條苦計,若救他不得,我和你都休。"楊春問道:"如何苦計?"朱武附耳低言説道:"只除恁地……"楊春道:"好計!我和你便去!事不宜遲!"

再説史進正在莊上忿怒未消,只見莊客飛報道:"山寨裏朱武、楊春自來了。"史進道:"這廝合休!我教他兩個一發解官!快牽過馬來!"史進上了馬,正待出莊門，只見朱武、楊春，步行已到莊前，兩個雙雙跪下，擎着四行眼淚。史進下馬來喝道："你兩個跪下如何説？"朱武哭道："小人等三個累被官司逼迫，不得已上山落草。當初發願道：'不求同日生，只願同日死。'雖不及關、張、劉備的義氣，其心則同。今日小弟陳達不聽好言，已被英雄擒捉在貴莊，無計懇求，今來逕就死。望英雄將我三人一發解官請賞，我等就英雄手內請死，並無怨心！"史進聽了，尋思道："他們直恁義氣！我若拿他去解官請賞時，反教天下好漢們恥笑我不英雄。當時史進解放陳達，就後廳置酒設席管待三人。酒罷，三人謝了史進，回山去了。史進送出莊門，自回莊上。

過了十數日，朱武等三人收拾得三十兩蒜條金，使兩個小嘍囉送去史家莊上，當夜敲門。莊客報知，史進問小嘍囉："有甚話説？"小嘍囉道："三個頭領再三拜覆：特使進獻些薄禮，酬謝大郎不殺之恩。不要推卻，望乞笑留。"取出金子遞與。史進初時推卻，次後尋思道："既然好意送來，受之為當。"叫莊客把些零碎銀兩賞了小校回山。又過半月餘，朱武等三人在寨中商議擄掠得好大珠子，又使小嘍囉連夜送來莊上。史進受了，自此常常與朱武等三人往來。

荏苒光陰，時遇八月中秋到來。史進要和三人説話，約至十五夜來莊上賞月飲酒，先使莊客王四帶一封請書直至少華山上請朱武、陳達、楊春，來莊上赴席。王四馳書逕到山寨裏，見了三位頭領，下了來書。朱武看了大喜。三個應允，隨即寫封回書，賞了王四五

兩銀子，吃了十來碗酒。王四下得山來，被山風一吹，酒卻湧上來，踉踉蹌蹌，一步一顛；走不得十里之路，見座林子，奔到裏面，望着那綠茸茸莎草地上撲地倒了。原來摽兔李吉正在那坡下張兔兒，認得是史家莊上王四，趕入林子裏來扶他，只見王四搭膊裏露出銀子來，李吉解那搭膊，望地下只一抖，那封回書和銀子都抖出來。李吉將銀子並書都拿到華陰縣裏來出首。王四一覺直睡到二更方醒，便去腰裏摸時，搭膊和書都不見了，王四尋思道：「若回去莊上說脫了回書，大郎定是趕我出去，不如只說不曾有回書，那裏查照？」計較定了，飛也似歸來莊上。

中秋節至，是日晴明得好。史進分付家中莊客宰了一腔大羊，殺了百十個雞鵝，準備下酒食筵宴。看看天色晚來，少華山上三個頭領分付小嘍囉看守寨柵，只帶三五個做伴，將了朴刀，不騎鞍馬，步行下山，逕來到史家莊上。史進接着，各敘禮罷，請入後園。莊內已安排下筵宴。史進請三位頭領上坐，史進對席相陪，便叫莊客把前後莊門拴了，一面飲酒，一邊割羊勸酒。

酒至數杯，卻早東邊推起那輪明月。只聽得牆外一聲喊起，火把亂明。史進大驚，跳起身來道：「三位賢友且坐，待我去看！」喝叫莊客：「不要開門！」掇條梯子上牆打一看時，只見是華陰縣尉在馬上，引着兩個都頭，帶着三四百士兵，圍住莊院。史進及三個頭領只管叫苦。外面火光中照見鋼叉、朴刀、五股寸，擺得似麻林一般。兩個都頭口裏叫道：「不要走了強賊！」史進道：「卻怎生是好？」朱武等三個頭領跪下道：“哥哥，你是乾淨的人，休為我等連累了。大郎可把索來綁縛我三個出去請賞，免得負累了你不好看。”史進道：“如何使得！怎地時，是我賺你們來，捉你請賞，枉惹天下人笑。若是死時，我與你們同死，活時同活。且等我問個來歷情由。”

史進上梯子問道：“你兩個何故半夜三更來劫我莊上？”兩個都頭道：“大郎，你兀自賴哩！見有原告人李吉在這裏。”史進喝道：“李吉，你如何誣告平人？”李吉應道：“我本不知，林子裏拾得王四的回書，一時間把在縣前看，因此事發。”史進叫王四，問道：“你説無回書，如何卻又有書？”王四道：“便是小人一時醉了，忘記了回書。”史進大喝道：“畜生！卻怎生好！”史進在梯子上叫道：“你兩個都頭都不必鬥動，權退一步，我自綁縛出來解官請賞。”那兩個都頭都怕史進，只得應道：“我們都是沒事的，等你綁出來，同去請賞。”史進下梯子，來到廳前，先將王四帶進後園，把來一刀殺了，喝教許多莊客把莊裏有的沒的細軟等物即便收拾，盡教打疊起了，一壁點起三四十個火把。史進卻就中堂又放起火來，大開莊門，吶聲喊，殺將出來。史進當頭，朱武、楊春在中，陳達在後，衝將出來，正迎着兩個都頭並李吉，史進見了大怒。“仇人見面，分外眼明！”兩個都頭見勢頭不好，轉身便走。李吉也卻得回身，史進早到，手起一刀，把李吉斬做兩段。兩個都頭正待走時，陳達、楊春趕上，一個一朴刀，結果了兩個性命。縣尉驚得跑馬走回去了。眾士兵各自逃命散了，不知去向。史進引着一行人，且

精選水滸傳

魯智深拳打鎮關西

殺且走，直到少華山上寨內坐下。喘息方定，朱武等忙叫小嘍囉一面殺牛宰馬，賀喜飲宴，不在話下。

一連過了幾日，史進開言對朱武等説道：“我師父王教頭在關西經略府勾當，我先要去尋他，只因父親死了，不曾去得；今來家私莊院廢盡，我如今要去尋他。”朱武三人道：“若哥哥不願落草時，待平靜了，小弟們與哥哥重整莊院，再作良民。”史進道：“雖是你們的好情分，只是我今去意難留。我若尋得師父，也要那裏討個出身，求半世快樂。我是個清白好漢，如何肯把父母遺體來點污了！你勸我落草，再也休題。”史進住了幾日，定要去。只自收拾了些散碎銀兩，打拴一個包裹，餘者盡數寄留在山寨。朱武等灑淚而別，自回山寨去了。

只説史進提了朴刀離了少華山，望延安府路上來。行了半月之上，來到渭州，史進便入城來看時，只見一個小小茶坊正在路口。向茶博士問道：“這裏經略府在何處？”茶博士道：“只在前面便是。”史進道：“借問經略府內有個東京來的教頭王進麼？”茶博士道：“這府裏教頭極多，有三四個姓王的，不知那個是王進。”

道猶未了，只見一個大漢大踏步竟進入茶坊裏來。史進看他時，是個軍官模樣：生得面圓耳大，鼻直口方，身長八尺，腰闊十圍。那人入到茶房裏面坐下。茶博士道：“客官，要尋王教頭，只問這位提轄，便都認得。”史進忙起身施禮道：“客官，請坐，拜茶。”那人見史進長大魁偉，像條好漢，便來與他施禮。兩個坐下。史進道：“小人大膽，敢問官人高姓大名？”那人道："洒家是經略府提轄，姓魯，諱個達字。敢問阿哥，你姓甚麼？"史進道："小人是華州華陰縣人氏。姓史，名進。請問官人，小人有個師父，是東京八十萬禁軍教頭，姓王，名進，不知在此經略府中有也無？"魯提轄道："阿哥，你莫不是史家村甚麼九紋龍史大郎？"史進拜道："小人便是。"魯提轄連忙還禮，説道："'聞名不如見面！見面勝如聞名。'你要尋王教頭，莫不是在東京惡了高太尉的王進？"史進道："正是那人。"魯達道："俺也聞他名字，那個阿哥不在這裏。洒家聽得説，他在延安府老种經略相公處勾當。俺這渭州卻是小种經略相公鎮守。你即是史大郎時，你且和我上街去吃杯酒。"魯提轄挽了史進的手，便出茶坊來。魯達回頭道："茶錢，洒家自還你。"

出得茶坊來，來到州橋之下一個潘家有名的酒店，到樓上揀個濟楚閣兒裏坐下。提轄坐了主位，酒保唱了喏，認的是魯提轄便道："提轄官人，打多少酒？"魯達道："先打四角酒來。"一面鋪下菜蔬果品按酒，酒至數杯，正説些閒話，較量些槍法，説得入港，只聽得隔壁閣子裏有人哽哽咽咽啼哭。魯達焦躁，便把碟兒盞兒都丟在樓板上。酒保聽得，慌忙上來看時，見魯提轄氣憤。酒保抄手道："官人，要甚東西，分付賣來。"魯達道："洒家要甚麼！你也須認得洒家！甚麼人在間壁吱吱的哭，攪俺弟兄們吃酒！"酒保道："官人息怒，小人怎敢打攪官人吃酒？這個哭的是綽酒座兒唱的父女兩人。"魯提轄道："可是作怪！你與我喚得他來。"酒保去叫。不多時，只見前面一個十八九歲的婦人，背後一個五六十歲的老兒，手裏拿串拍板。看那婦人，雖無十分的容貌，也有些動人的顏色，拭着淚眼，深深的道了三個萬福。

　　魯達問道：“你兩個是那裏人家？為甚麼啼哭？”那婦人便道：“官人不知，奴家是東京人氏，因同父母來渭州投奔親眷，不想搬移南京去了。母親在客店裏染病身故。此間有個財主，叫做‘鎮關西’鄭大官人，因見奴家，便使強媒硬保，要奴作妾。誰想寫了三千貫文書，虛錢實契，要了奴家身體。未及三個月，他家大娘子好生利害，將奴趕打出來，着落店主人家追要原典身錢三千貫。當初不曾得他一文，如今那討錢來還他？沒計奈何，來這裏酒樓上趕座，每日但得些錢來，將大半還他，留些少父女們盤纏。這兩日，酒客稀少，違了他錢限，怕他來討時，受他羞恥，因此啼哭。”

　　魯提轄又問道：“你姓甚麼？在那個客店裏歇？那個鎮關西在那裏住？”老兒答道：“老漢姓金，孩兒小字翠蓮。鄭大官人便是此間狀元橋下賣肉的鄭屠，綽號鎮關西。老漢父女只在前面東門裏魯家客店安下。”魯達聽了道：“呸！俺只道那個鄭大官人，卻原來是殺豬的鄭屠！這個腌臢潑才，卻原來這等欺負人！”回頭看史進，道：“你且在這裏，等洒家去打死了那廝便來！”史進勸道：“哥哥息怒，明日卻理會。”

　　魯達又道：“老兒，你來。洒家與你些盤纏，明日便回東京去，如何？”父女兩個告道：“若是能夠回鄉去時，便是重生父母，再長爺娘。只是店主人家如何肯放？”魯達道：“這個不妨事，俺自有道理。”便去身邊摸出五兩來銀子，放在桌上，看着史進道：「洒家今日不曾多帶得些出來；你有銀子，借些與俺，洒家明日便送還你。」史進道：「值甚麼，要哥哥還。」去包裹裏取出一錠十兩銀子放在桌上。魯達把這十五兩銀子與了金老，分付道：「你父女兩個將去做盤纏，收拾行李。俺明日清早來發付你兩個起身，看那個店主人敢留你！」金老並女兒拜謝去了。

　　次早天色微明，只見魯提轄大腳步走入店裏來，高聲叫道：「店小二，那裏是金老歇處？」小二道：「金公，魯提轄在此尋你。」金老引了女兒，挑了擔兒，作謝提轄，便待出門。店小二攔住道：「金公，那裏去？」魯達問道：「他少了你房錢？」小二道：「小人房錢，昨夜都算還了，須欠鄭大官人典身錢，着落在小人身上看他哩。」魯提轄道：「鄭屠的錢，洒家自還他，你放了老兒還鄉去！」那店小二那裏肯放。魯達大怒，去那小二臉上只一掌，打得那店小二口中吐血，再復一拳，打落兩個當門牙齒。小二爬將起來，一道煙跑向店裏去躲了，店主人那裏敢出來攔他。金老父女忙忙離了店中，出城自去尋昨日覓下的車兒去了。且說魯達恐怕店小二趕去攔截他，且向店裏掇條凳子坐了兩個時辰，約莫金公去得遠了，方才起身，逕到狀元橋來。

　　且說鄭屠開着間門面，兩副肉案，懸掛着三五片豬肉。鄭屠正櫃身內坐定，看那十來個刀手賣肉。魯達走到門前，叫聲「鄭屠！」鄭屠看時，見是魯提轄，慌忙出櫃身來唱喏，道：「提轄恕罪。」便叫副手掇條凳子來。「提轄請坐。」魯達坐下，道：「奉着經略相公鈞旨：

精選水滸傳

魯智深拳打鎮關西

要十斤精肉，切做臊子，不要見半點肥的在上面。"鄭屠道："使得，你們快選好的切十斤去。"魯提轄道："不要那等腌臢廝們動手，你自與我切。"鄭屠道："説得是，小人自切便了。"自去肉案上揀了十斤精肉，細細切做臊子，用荷葉包了。道："提轄，教人送去？"魯達道："送甚麼！且住！再要十斤都是肥的，不要見些精的在上面，也要切做臊子。"鄭屠道："卻才精的，怕府裏要裹餛飩，肥的臊子何用？"魯達睜着眼，道："相公鈞旨分付洒家，誰敢問他？"鄭屠道："是合用的東西，小人切便了。"又選了十斤實膘的肥肉也細細的切做臊子，把荷葉包了。整弄了一早晨，卻得飯罷時候。那店小二那裏敢過來，連那正要買肉的主顧也不敢攏來。

鄭屠道："着人與提轄拿了，送將府裏去？"魯達道："再要十斤寸金軟骨，也要細細地剁做臊子，不要見些肉在上面。"鄭屠笑道："卻不是特地來消遣我！"魯達聽得，跳起身來，拿着那兩包臊子在手，睜着眼，看着鄭屠，道："洒家特地要消遣你！"把兩包臊子劈面打將去，卻似下了一陣的"肉雨"。鄭屠大怒，兩條忿氣從腳底下直衝到頂門，從肉案上搶了一把剔骨尖刀，托地跳將下來。魯提轄早拔步在當街上。眾鄰舍並十來個火家，那個敢向前來勸？

鄭屠右手拿刀，左手便來揪魯達，被這魯提轄就勢按住左手，趕將入去，望小腹上只一腳，騰地踢倒在當街上。魯達再入一步，踏住胸脯，提着醋缽兒大小拳頭，看着這鄭屠道："洒家始投老种經略相公，做到關西五路廉訪使，也不枉了叫做‘鎮關西’！你是個賣肉的操刀屠戶，狗一般的人，也叫做‘鎮關西’！你如何強騙了金翠蓮？”撲的只一拳，正打在鼻子上，打得鮮血迸流，鼻子歪在半邊，卻便似開了個油醬舖：鹹的、酸的、辣的，一發都滾出來。鄭屠掙不起來，那把尖刀也丟在一邊，口裏只叫：“打得好！”魯達罵道：“直娘賊！還敢應口！”提起拳頭來就眼眶際眉梢只一拳，打得眼棱縫裂，烏珠迸出，也似開了個彩帛舖的：紅的、黑的、紫的，都綻將出來。兩邊看的人懼怕魯提轄，誰敢向前來勸？

　　鄭屠當不過，討饒。魯達喝道：“咄！你是個破落戶！若只和俺硬到底，洒家便饒你了！你如今對俺討饒，洒家偏不饒你！”又只一拳，太陽上正着一齊響。魯達看時，只見鄭屠挺在地上，口裏只有出的氣，沒了入的氣，動撣不得。魯提轄假意道：“你這廝詐死，洒家再打！”只見面皮漸漸的變了。魯達尋思道：“俺只指望打這廝一頓，不想三拳真個打死了他。洒家須吃官司，又沒人送飯，不如及早撒開。”拔步便走，回頭指着鄭屠屍道：“你詐死！洒家和你慢慢理會！”一頭罵，一頭大踏步去了。街坊鄰舍並鄭屠的火家，誰敢向前來攔他。魯提轄回到下處，急急捲了些衣服盤纏，細軟銀兩，提了一條齊眉短棒，奔出南門，一道煙走了。

三 林冲刺配滄州

話説魯達因打死人遭官府在各處追捉，正在走投無路時恰碰上趙員外，趙員外將若干錢求五台山長老剃度魯達為僧。五台山智真長老為他起名智深，自此在五台山修行。那魯智深在五台山屢犯戒律，幾次私自下山飲醉後大鬧五台山。

智真長老頂他不住，只得道："智深，你此間決不可住了。我有一個師弟，見在東京大相國寺住持，喚做智清禪師。我與你這封書去投他那裏討個職事僧做。我夜來看了，贈汝四句偈子，你可終身受用，記取今日之言。"智深跪下道："洒家願聽偈子。"長老道："遇林而起，遇山而富，遇州而遷，遇江而止。"魯智深聽了四句偈子，拜了長老九拜，背了包裹、腰包、肚包，藏了書信辭了長老並眾僧人，離了五台山。

行了半月之上，早望見東京，來到城中，問人道："大相國寺在何處？"街坊人答道："前面州橋便是。"智深提了禪杖便走，早進得寺來，知客僧出來，問道："師兄何方來？"智深説道："洒家五台山來。本師真長老有書在此，着俺來投上剎清大師長老處討個職事僧做。"知客引了智深，直到方丈。清長老道："你既是我師兄真大師薦將來我這寺中掛搭，做個職事人員，我這敝寺有個大菜園在酸棗門外嶽廟間壁，你可去那裏住持管領，每日教種地人納十擔菜蔬，餘者都屬你用度。"次早，清長老升法座，押了法帖，委智深管菜園。智深辭了長老，背了包裹，跨了戒刀，提了禪杖，和兩個送入院的和尚直來酸棗門外廯宇裏來住持。

　　且說菜園左近有二三十個賭博不成才破落戶潑皮，泛常在園內偷盜菜蔬，靠着養身。因來偷菜，看見廯宇門上新掛一道庫司榜文，那幾個潑皮看了，便去與眾破落戶商議道："大相國寺差一個和尚，甚麼魯智深來管菜園，我們趁他新來，尋一場鬧，一頓打下頭來，教那廝服我們！"眾潑皮道："好！好！"

　　卻說魯智深來到退居廯宇內房中安頓了包裹、行李，那數個種地道人都來參拜了，但有一應鎖鑰盡行交割。智深出到菜園地上東觀西望，看那園圃。只見這二三十個潑皮拿着些果盒酒禮，都嘻嘻的笑道："聞知師父新來住持，我們鄰舍街坊都來作慶。"那潑皮破落戶中間有兩個為頭的，一個叫做張三，一個叫做李四。智深不知是計，直走到糞窖邊來。那夥潑皮一齊向前，一個來搶左腳，一個便搶右腳，指望來搋智深。智深見了，心裏早疑忌道："這夥人不三不四，又不肯近前來，莫不要搋洒家？"

　　智深大踏步近眾人面前來。那張三、李四道："小人兄弟們特來參拜師父。"口裏說，便向前去，一個來搶左腳，一個來搶右腳。智深不等他上身，右腳早起，騰的把李四先踢下糞窖裏去。張三恰待走，智深左腳早起，兩個潑皮都踢在糞窖裏掙扎。後頭那二三十個破落戶驚的目瞪口呆，都待要走。智深喝道："一個走的一個下去！兩個走的兩個下去！"眾潑皮都不敢動彈。只見那張三、李四在糞窖裏探起頭來。原來那座糞窖沒底似深。兩個一身臭屎，頭髮上蛆蟲盤滿，立在糞窖裏，叫道："師父！饒恕我們！"智深喝道："你那眾潑皮，快扶那鳥上來，我便饒你眾人！"眾人打一救，臭穢不可近前。智深呵呵大笑道："兀那蠢物！你且去菜園池裏洗了來，和你眾人説話。"兩個潑皮洗了一回，眾人脱件衣服與他兩個穿了。

智深指着眾人道："你那夥鳥人，休要瞞洒家！你等都是甚麼鳥人，到這裏戲弄洒家？"那張三、李四並眾伙伴一齊跪下，説道："小人祖居在這裏，都只靠賭博討錢為生。這片菜園是俺們衣飯碗。大相國寺裏幾番使錢要奈何我們不得。師父卻是那裏來的長老？怎的了得！相國寺裏不曾見有師父。今日我等情願伏侍。"智深道："洒家是關西延安府老种經略相公帳前提轄官。休説你這三二十個人直甚麼！便是千軍萬馬隊中，俺敢直殺得入去出來！"眾潑皮喏喏連聲，拜謝了去。

從明日為始，這二三十個破落戶見智深區區的伏，每日將酒肉來請智深，看他演武使拳。眾潑皮道："這幾日見師父演力，不曾見師父使器械，怎得師父教我們看一看也好。"智深自去房內取出渾鐵禪杖，頭尾長五尺，重六十二斤。眾人看了，盡皆吃驚，都道："兩臂沒水牛大小氣力，怎使得動！"智深接過來，颼颼的使動；渾身上下，沒半點兒參差。眾人看了，一齊喝采。

智深正使得活泛，只見牆外一個官人看見，喝采道："端的使得好！"智深聽得，收住了手，看時，只見牆缺邊立着一個官人，頭戴一頂青紗抓角兒頭巾，身穿一領單綠羅團花戰袍，穿一對磕爪頭朝樣皂靴，生的豹頭環眼，燕頷虎鬚，八尺長短身材，三十四五年紀；口裏道：“這個師父端的非凡，使得好器械！”眾潑皮道：“這位教師喝采，必然是好。”智深問道：“那軍官是誰？”眾人道：“這官人是八十萬禁軍槍棒教頭林武師，名喚林冲。”智深道：“何不就請來廝見？”那林教頭便跳入牆來。兩個就槐樹下相見了，一同坐地。林教頭便問道：“師兄何處人氏？法諱喚做甚麼？”智深道：“洒家是關西魯達的便是。只為殺得人多，情願為僧。年幼時也曾到東京，認得令尊林提轄。”林冲大喜，就當結義智深為兄。智深道：“教頭今日緣何到此？”林冲答道：“恰才與拙荊一同來間壁嶽廟裏還香願，林冲聽得使棒，看得入眼，着使女錦兒自和荊婦去廟裏燒香，林冲就只此間相等，不想得遇師兄。”智深道：“洒家初到這裏，正沒相識，得這幾個大哥每日相伴，如今又得教頭不棄，結為弟兄，十分好了。”便叫道人再添酒來相待。

　　恰才飲得三杯，只見使女錦兒，慌慌急急，紅了臉，在牆缺邊叫道：“官人！娘子在廟中和人合口！”林冲連忙問道：“在那裏？”錦兒道：“正在五嶽樓下來，撞見個詐奸不及的把娘子攔住了，不肯放！”林冲慌忙道：“卻再來望師兄，休怪，休怪。”林冲別了智深，急跳過牆缺，和錦兒徑奔嶽廟裏來；搶到五嶽樓看時，見胡梯上一個年少的後生獨自背立着，把林冲的娘子攔着，道：“你且上樓去，和你說話。”林冲娘子紅了臉道：“清平世界，是何道理，把良人調戲！”

林冲趕到跟前把那後生肩胛只一扳過來，喝道："調戲良人妻子當得何罪！"恰待下拳打時，認得是本管高太尉螟蛉之子高衙內。原來高俅新發跡，不曾有親兒，借人幫助，因此過房這阿叔高三郎兒子，在房內為子。本是叔伯弟兄，卻與他做乾兒子，因此，高太尉愛惜他。那廝在東京倚勢豪強，專一愛淫垢人家妻女。京師人怕他權勢，叫他做"花花太歲"。

　　當時林冲扳將過來，卻認得是本管高衙內，先自軟了。高衙內說道："林冲，干你甚事，你來多管！"原來高衙內不曉得他是林冲的娘子，見林冲不動手，他發這話。眾多閒漢見鬧，一齊攏來勸道："教頭休怪，衙內不認得，多有衝撞。"林冲怒氣未消，一雙眼睜着瞅那高衙內。眾閒漢勸了林冲，和哄高衙內出廟上馬去了。林冲領了娘子並錦兒取路回家，心中只是鬱鬱不樂。

　　且說這高衙內自見了林冲娘子，心中好生着迷，怏怏不樂，回到府中納悶。內有一個幫閒的，喚作"乾鳥頭"富安，理會到高衙內意思，走近前去道："衙內近日面色清減，心中少樂，必然有件不悅之事。"高衙內道："你如何省得？"富安道："小子一猜便着。衙內是思想那'雙木'的。這猜如何？"衙內道："你猜得是。只沒個道理得他。"富安道："有何難哉！林冲見在帳下聽使喚，大請大受，怎敢惡了太尉，輕則便刺配了他，重則害了他性命。小閒尋思有一計，使衙內能夠得他。"高衙內："自見了許多好女娘，不知怎的只愛他。你有甚見識，能得他時，我自重重的賞你。"富安道："門下知心腹的陸虞候陸謙，他和林冲

精選水滸傳

林冲刺配滄州

最好。明日衙內躲在陸虞候樓上深閣，擺下些酒食，卻叫陸謙去請林冲出來吃酒——教他直去樊樓上深閣裏吃酒。小閒便去他家哄林冲娘子來到樓上，婦人家水性，見衙內這般風流人物，再着些甜話兒調和他，不由他不肯。這一計如何？"高衙內喝采道："好條計！"原來陸虞候家只在高太尉家隔壁巷內。次日，商量了計策，陸虞候一時聽允，也沒奈何，只要衙內歡喜，卻顧不得朋友交情。

　　且說林冲連日悶悶不已，巳牌時，聽得門首有人道："教頭在家麼？"林冲出來看時，卻是陸虞候，慌忙道："陸兄何來？"陸謙道："特來探望，兄何故連日街前不見？"林冲道："心裏悶，不曾出去。"陸謙道："我同兄去吃三杯解悶。"林冲與陸謙出得門來，街上閒走了一回。陸虞候道："兄長，我們休家去，只就樊樓內吃兩杯。"當時兩個上到樊樓內，佔個閣兒，喚酒保分付，叫取兩瓶上色好酒，希奇果子按酒，敘說閒話。

　　林冲吃了八九杯酒，因要小遺，起身道："我去淨手了來。"林冲下得樓來，投東小巷內去淨了手，回身轉出巷口，只見使女錦兒叫道："官人，尋得我苦！卻在這裏！"林冲慌忙問道："做甚麼？"錦兒道："官人和陸虞候出來，沒半個時辰，只見一個漢子慌慌急急奔來家裏，對娘子說道：'我是陸虞候家鄰舍。你家教頭和陸謙吃酒，只見教頭一口氣不來，便撞倒了！叫娘子且快來看視。'娘子聽得，連忙和我跟那漢子去。直到太尉府前巷內一家人家，上至樓上，不見官人。恰待下樓，只見前日在嶽廟裏囉噪娘子的那後生出來道：

'娘子少坐，你丈夫來也。'因此，我一地裏尋官人不見，正撞着賣藥的張先生道：'我在樊樓前過，見教頭和一個人入去吃酒。'因此特奔到這裏。官人快去！"

林冲見説，吃了一驚，三步做一步，跑到陸虞候家；搶到胡梯上，卻關着樓門。只聽得娘子叫道："清平世界，如何把我良人妻子關在這裏！"又聽得高衙內道："娘子，可憐見救俺！便是鐵石人，也告得回轉！"林冲立在胡梯上，叫道："大嫂！開門！"那婦人聽得是丈夫聲音，只顧來開門。高衙內吃了一驚，趷開了樓窗，跳牆走了。林冲上得樓上，尋不見高衙內，問娘子道："不曾被這廝點污了？"娘子道："不曾。"林冲把陸虞候家打得粉碎，將娘子下樓；出得門外看時，鄰舍兩邊都閉了門。女使錦兒接着，三個人一處歸家去了。

且説高衙內從那日在陸虞候家樓上吃了那驚，跳牆脱走，不敢對太尉説知，因此在府中臥病。老都管至晚來見太尉，説道衙內卻想林冲的老婆。又把陸虞候設的計細説了。高俅道："如此，因為他渾家，怎地害他！我尋思起來，若為惜林冲一個人時，須送了我孩兒性命，卻怎生是好？"都管道："陸虞候和富安有計較。"高俅道："既是如此，教喚二人來商議。"

再説林冲每日和智深吃酒，把這件事不記心了。那一日，兩個同行到閲武坊巷口，見一條大漢，頭戴一頂抓角兒頭巾，穿一領舊戰袍，手裏拿着一口寶刀，插着個草標兒，立在街上，口裏自言自語説道："不遇識者，屈沉了我這口寶刀！"林冲也不理會，只顧和智深説着話走。那漢又跟在背後道："好口寶刀！可惜不

精選水滸傳

林冲刺配滄州

遇識者！”又說道：“偌大一個東京，沒一個識得軍器的！”林冲聽得說，回過頭來。那漢颼的把那口刀掣將出來，明晃晃的奪人眼目。林冲合當有事，使一千貫便買了。那漢得了銀兩自去了。林冲把這口刀翻來覆去看了一回，喝采道：“端的好把刀！高太尉府中有一口寶刀，胡亂不肯教人看。我幾番借看，也不肯將出來。今日我也買了這口好刀，慢慢和他比試。”

次日，巳牌時分，只聽得門首有兩個承局叫道：“林教頭，太尉鈞旨，道你買一口好刀，就叫你將去比看。太尉在府裏專等。”林冲拿了那口刀，隨這兩個承局來。進得到廳前，林冲立住了腳。兩個又道：“太尉在裏面後堂內坐地。”轉入屏風，至後堂，又不見太尉，林冲又住了腳。兩個又道：“太尉直在裏面等你，叫引教頭進來。”又過了兩三重門，到一個去處，一周遭都是綠欄杆。兩個又引林冲到堂前，說道：“教頭，你只在此少待，等我入去稟太尉。”林冲擎着刀，立在簷前。一盞茶時，不見出來。林冲心疑，探頭入簾看時，只見簷前額上有四個青字，寫道“白虎節堂”。林冲猛省道：“這節堂是商議軍機大事處，如何敢無故輒入！”急待回身，只聽得靴履響，腳步鳴，一個人從外面入來。林冲看時，卻是本管高太尉，林冲見了，執刀向前聲喏。太尉喝道：“林冲！你又無呼喚，安敢輒入白虎節堂！你知法度否？你手裏拿着刀，莫非來刺殺下官！有人對我說，你兩三日前拿刀在府前伺候，必有歹心！”林冲躬身稟道：“恩相，恰才蒙兩個承局呼喚林冲將刀來比看。”太尉喝道：“承局在那裏？”林冲道：“恩相，他兩個已投堂裏去了。"高太尉大怒道:"你既是禁軍教頭,法度也還不知道!因何手執利刃,故入節堂,欲殺本官。"林冲大叫冤屈。告道:"太尉不喚,怎敢入來?見有兩個承局望堂裏去了,故賺林冲到此。"太尉喝道:"胡說!我府中那有承局?這廝不服斷遣!"喝叫左右,"解去開封府,分付騰府尹好生推問勘理,明白處決!就把這刀封了去!"左右領了鈞旨,監押林冲投開封府來。

恰好府尹未退。府幹將太尉言語對滕府尹說了,將上太尉封的那把刀放在林冲面前。府尹道:"林冲,你是個禁軍教頭,如何不知法度,手執利刃,故入節堂?這是該死的罪!"林冲告道:"恩相明鏡,念林冲負屈啣冤!小人雖是粗鹵軍漢,頗識些法度,如何敢擅入節堂。為是前月二十八日,林冲與妻到嶽廟還香願,正迎見高太尉的小衙內把妻子調戲,被小人喝散了。次後,又使陸虞候賺小人吃酒,卻使富安來騙林冲妻子到陸虞候家樓上調戲,亦被小人趕去,是把陸虞候家打了一場。兩次雖不成姦,皆有人證。次日,林冲自買這口刀,今日太尉差兩個承局來家呼喚林冲,叫將刀來府裏比看,因此,林冲同二人到節堂下。不想太尉從外面進來,設計陷害林冲,望恩相做主!"府尹聽了林冲口詞,且叫與了回文,一面取刑具枷扭來上了,推入牢裏監下。林冲家裏自來送飯,一面使錢。林冲的丈人張教頭亦來買上告下,使用財帛。

正值有個當案孔目,姓孫,名定,為人最耿直,十分好善,只要周全人,因此,人都喚做"孫佛兒"。他明知道這件事,稟道:"此事果是屈了林冲,只可周

精選水滸傳

林冲刺配滄州

全他。"又道："誰不知高太尉當權倚勢豪強。更兼他府裏無般不做，但有人小小觸犯，便發來開封府，要殺便殺，要剮便剮，卻不是他家官府！"府尹道："據你說時，林冲事怎的方便他，施行斷遣？"孫定道："看林冲口詞，是個無罪的人，只是沒拿那兩個承局處。如今着他招認做'不合腰懸利刃，誤入節堂'，脊杖二十，刺配遠惡軍州。"滕府尹自去高太尉面前再三稟說林冲口詞。高俅情知理短，又礙府尹，只得准了。府尹回來陞廳，叫林冲，除了長枷，斷了二十脊杖，喚個文筆匠刺了面頰，配往滄州牢城。當廳打一面七斤半團頭鐵葉護身枷釘了，貼上封皮，押了一道牒文，差兩個防送公人董超、薛霸監押前去。二人押送林冲出開封府來。

林冲刺配滄州

　　且說兩個防交公人把林冲帶來使臣房裏寄了監。董超、薛霸，各自回家收拾行李。只見巷口酒店裏酒保來請二人。到得店中閣兒裏看時，只見一個頭戴頂萬字頭巾，身穿領皂紗背子的人。三人坐定，那人去袖子裏取出十兩金子，放在桌上，說道："二位端公各收五兩，有些小事煩及。"二人道："小人素不認得尊官，何故與我金子？"那人道："我是高太尉府心腹人陸虞候便是。今奉着太尉鈞旨，教將這十兩金子送與二位；望你兩個領諾，只就前面僻靜去處把林冲結果了，就彼處討紙狀回來便了。太尉自行分付，並不妨事。"董超道："卻怕使不得：開封府公文只叫解活的去，卻不曾教結果了他。"薛霸道："老董，你聽我說。高太尉便叫你我死，也只得依他。你不要多說，前頭有的是大松林，猛惡去處，不揀怎的與他結果了罷！」當下薛霸收了金子，說道：「官人，放心。多是五站路，少便兩程，便有分曉。」陸謙大喜道：「明日到地了時，是必揭取林冲臉上金印回來做表證。陸謙再包辦二位十兩金子相謝。」

董超、薛霸，取了行李包裹，拿了水火棍，便來使臣房裏取了林冲，監押上路。當日出得城來，離城二十里多路，歇了。當下薛、董二人帶林冲到客店裏歇了一夜。第二日天明起來，投滄州路上來。時遇六月天氣，炎暑正熱。林冲初吃棒時，倒也無事，次後兩三日間，棒瘡卻發，又是個新吃棒的人，路上一步捱一步，走不動。林冲走不到三二里，腳上泡被新草鞋打破了，鮮血淋漓，薛霸攙着林冲，只得又捱了四五里。看看正走不動了，早望見前面煙籠霧鎖，一座猛惡林子，有名喚野豬林，此是東京去滄州路上第一個險峻去處。宋時，但有些冤仇的，使用些錢與公人，帶到這裏，不知結果了多少好漢。今日，這兩個公人帶林冲奔入這林子裏來。三個人奔到裏面，解下行李包裹，都搬在樹根頭。林冲叫聲「阿也！」靠着一株大樹便倒了。薛霸腰裏解下索子來，把林冲連手帶腳和枷緊緊的縛在樹上，同董超兩個跳將起來，轉過身來，拿起水火棍，看着林冲說道：「不是俺要結果你，自是前日來時，有那陸虞候傳着高太尉鈞旨，教我兩個到這裏結果你，立等金印去回話。只今日就這裏倒作成我兩個回去快些。休得要怨我弟兄兩個，只是上司差遣，不由自己。你須精細着，明年今日是你週年。我等已限定日期，亦要早回話。」林冲見說，淚如雨下，便道：“上下！我與你二位，往日無仇，近日無冤。你二位如何救得小人，生死不忘！”董超道：“說甚麼閒語！救你不得！”薛霸便提起水火棍來望着林冲腦袋上劈將來。可憐豪傑束手就死！

說時遲，那時快，薛霸的棍恰舉起來，只見松樹背後，雷鳴也似一聲，那條鐵禪杖飛將來，把這水火棍一隔，丟去九霄雲外，跳出一個胖大和尚來，喝道：“洒家在林子裏聽你多時！”提着禪杖，輪起來打兩個公人。林冲方才閃開眼看時，認得是魯智深。連忙叫道：“師兄！不可下手！我有話說！”智深聽得，收住禪杖。兩個公人呆了半晌，動彈不得。林冲道：“非干他兩個事，盡是高太尉使陸虞候分付他兩個公人，要害我性命。你若打殺他兩個，也是冤屈！”魯智深便扶起林冲叫：“兄弟，自從你受官司，俺又無處去救你。打聽得你斷配滄州，洒家在開封府前又尋不見，卻聽得人說監在使臣房內，又見酒保來請兩個公人，洒家疑心，恐這廝們路上害你，俺特地跟將來。你五更裏出門時，洒家先投奔這林子裏來等殺這廝兩個撮鳥。他倒來這裏害你，正好殺這廝兩個！”林冲勸道：“既然師兄救了我，你休害他兩個性命。”兩個公人那裏敢回話，只叫“林教頭救俺兩個！”一同跟出林子來。

林冲刺配滄州

行得三四里路程，見一座小小酒店在村口。四人入來坐下，喚酒保買五七斤肉，打兩角酒來吃，還了酒錢，出離了村口。林冲問道：“師兄今投那裏去？”魯智深道：“‘殺人須見血，救人須救徹’。洒家放你不下，直送兄弟到滄州。”兩個公人聽了，暗暗地道：

“苦也！卻是壞了我們的勾當！轉去時怎回話！”

　　自此，途中被魯智深要行便行，要歇更歇，那裏敢扭他，兩個公人不敢高聲，只怕和尚發作。行了兩程，討了一輛車子，林冲上車將息，三個跟着車子行着。行了十七八日，近滄州只七十里程，一路去都有人家，再無僻靜處了。魯智深打聽得實了，對林冲道：“兄弟，此去滄州不遠了，前路都有人家，別無僻靜去處。俺如今和你分手，異日再得相見。”林冲道：“師兄回去，泰山處可說知。防護之恩，不死當以厚報！”魯智深又取出一二十兩銀子與林冲，把三二兩與兩個公人，道：“你兩個撮鳥，兄弟面上，饒你兩個鳥命。如今沒多路了，休生歹心！”兩個道：“再怎敢！皆是太尉差遣。”接了銀子，卻待分手。魯智深看着兩個公人，道：“你兩個撮鳥的頭硬似這松樹麼？”二人答道：“小人頭是父母皮肉包着些骨頭。”智深輪起禪杖，把松樹只一下，打得樹有二寸深痕，齊齊折了，喝一聲：“你兩個撮鳥，但有歹心，教你頭也與這樹一般！”擺着手，拖了禪杖，叫聲：“兄弟，保重！”自回去了。

　　三人當下離了松林。行到晌午，只見遠遠的一簇人馬奔莊上來，中間捧着一位官人，騎一匹雪白捲毛馬。馬上那人生得龍眉鳳目，齒皓朱唇；三牙口髭鬚，三十四五年紀，帶一張弓，插一壺箭引領從人，都到莊上來。林冲看了尋思道：“敢是柴大官人麼？”只見那馬上年少的官人縱馬前來問道：“這位帶枷的是甚人？”林冲慌忙躬身答道：“小人是東京禁軍教頭，姓林，名冲。為因惡了高太尉，問罪刺配此滄州。這裏有個招賢納士好漢柴大官人，林冲因此特來相投。"那官人滾鞍下馬，説道："柴進有失迎迓！"就草地上便拜。林冲連忙答禮。那官人攜住林冲的手，同行到莊上來，莊客們看見，大開了莊門。柴進直請到廳前，兩個敍禮罷。柴進説道："小可久聞教頭大名，不期今日來踏賤地，足稱平生渴仰之願！"林冲答道："微賤林冲，聞大人名傳播海宇，誰人不敬！不想今日流配來此，得識尊顔，宿生萬幸！"柴進再三謙讓，林冲坐了客席。柴進便喚莊客殺羊相待。吃得一道湯，五七杯酒，柴進又置席面相待送行；又寫兩封書，分付林冲道："滄州大尹也與柴進好，牢城管營、差撥，亦與柴進交厚，你可將這兩封書去下，必然看覷教頭。"即捧出二十五兩一錠大銀送與林冲；又將銀五兩，齎發兩個公人，吃了一夜酒。次日天明，叫莊客挑了三個的行李，柴進送出莊門作別，分付道："待幾日，小可自使人送冬衣來與教頭。"林冲謝了。

精選水滸傳

林冲刺配滄州

　　三人取路投滄州來。將及午牌時候，已到滄州城裏。打發那挑行李的回去，逕到州衙裏下了公文，當廳引林冲參見了州官。大尹當下收了林冲，押了回文，兩個公人自領了回文，相辭了回東京去。

　　牢城營內收管林冲，發在單身房裏聽候點視。管營因柴大官人有書，便十分看顧他，教看天王堂，這是營中一樣省氣力的勾當。林冲自此在天王堂內安排宿食，每日只是燒香掃地。不覺光陰早過了四五十日。柴大官人來送冬衣並人事與他，那滿營內囚徒亦得林冲救濟，林冲也過得幾天安寧日子。

四 林冲落草梁山泊

　　眼看隆冬將近，忽一日，林冲巳牌時分，偶出營前閒走。正行之間，只聽得背後有人叫道："林教頭，如何卻在這裏？"林冲回頭過來看時，卻認得是酒生兒李小二。林冲道："小二哥，你如何也在這裏？"李小二拜道："自從得恩人救濟，一地裏投奔人不着，迤邐來到滄州，投託一個酒店主人，留小人在店中做過賣。因見小人勤謹，安排的好菜蔬，來吃的人都喝采，就招了小人做女婿。如今只剩得小人夫妻兩個，因討錢過來遇見恩人。不知為何事在這裏？"林冲指着臉上，道："我因高太尉生事陷害，受了一場官司，刺配到這裏。如今叫我往天王堂，未知久後如何。不想今日在此見你。"李小二請林冲到家裏坐定，叫妻子出來拜了恩人。李小二道："誰不知恩人大名！但有衣服，便拿來家裏漿洗。"當時管待林冲酒食，至夜送回天王堂，光陰迅速，卻早冬來。林冲的綿衣裙襖都是李小二渾家整治縫補。

　　一日，李小二正在門前安排菜蔬，只見一個軍官打扮的人閃將進來，酒店裏坐下，隨後又一個走卒模樣的人閃入來，也來坐下。只見那個人將出一兩銀子與李小二道："煩你與我去營裏請管營、差撥兩個來説話。"李小二應承了，請了差撥、管營都到酒店裏。李小二急去裏面換湯時，看見管營手裏拿着一封書。小二換了湯，算還了酒錢，管營、差撥先去了，次後，那兩個低着頭也去了。不多時，只見林冲走入店裏來，李小二慌忙道：「恩人請坐，小二有些要緊説話。」林冲問道：「甚麼要緊的事？」李小二説道：「卻才有個東京來的尷尬人，在我這裏請管營、差撥，吃了半日酒。差撥口裏吶出『高太尉』三個字來，他卻交頭接耳，説話都不聽得。臨了，只見差撥口裏應道：『都在我兩個身上，好歹要結果了他！』那兩個把一包金銀遞與管營、差撥，各自散了。」林冲道：「那人生得甚麼模樣？」李小二道：「五短身材，白淨面皮，沒甚髭鬚，約有三十餘歲。」林冲聽了大驚道：「這三十歲的正是陸虞候！那潑賤敢來這裏害我！休要撞我，只教他成骨肉泥！」林冲大怒，離了李小二家，先去街上買把解腕尖刀帶在身上，前街後巷一地裏去尋。街上尋了三五日，牢城營裏，都沒動靜。又來對李小二道：「今日又無事。」小二道：「恩人，只是自放仔細便了。」林冲自回天王堂，過了一夜。

精選水滸傳

林冲落草梁山泊

到第六日，只見管營叫喚林冲到點視廳上，説道：「你來這裏許多時，不曾抬舉得你。此間東門外十五里有座大軍草料場，每月但是納草納料的，有些常例錢取覓。原是一個老軍看管。如今我抬舉你去替那老軍來守天王堂，你可和差撥便去那裏交割。」林冲應道：「小人便去。」徑到李小二家，對他夫妻兩個説道：「今日管營撥我去大軍草料場管事，卻如何？」李小二道：「這個差使又好似天王堂，那裏收草料時有些常例錢鈔。往常不使錢時，不能夠得這差使。」林冲道：「卻不害我，倒與我好差使，正不知何意？"李小二道："恩人，休要疑心，只要沒事便好了。過幾時那工夫來望恩人。"就在家裏安排幾杯酒請林冲吃了。

　　林冲自到天王堂，取了包裹，帶了尖刀，拿了條花槍，與差撥一同辭了管營。兩個取路投草料場來。正是嚴冬天氣，朔風漸起，捲下一天大雪來。林冲和差撥早來到草料場外，看時，周遭有些黃土牆，兩扇大門。推開看裏面時，七八間草屋做着倉廒，四下裏都是馬草堆，中間兩座草廳。只見那老軍在裏面向火，差撥說道："管營差這個林冲來替你回天王堂看守，你可即便交割。"老軍拿了鑰匙，引着林冲，分付道："倉廒內自有官司封記。這幾堆草，一堆堆都有數目。"老軍指壁上掛一個大葫蘆，說道："你若買酒吃時，只出草場投東大路去二三里便有市井。"老軍自和差撥回營裏去。

　　林冲就牀上放了包裹被臥，就牀邊生起火來，仰面看那草屋時，四下裏崩壞了，又被朔風吹撼，搖振得動。林冲道："這屋如何過得一冬？待雪晴了，去城中喚個泥水匠來修理。"向了一回火，覺得身上寒冷，尋思"卻才老軍所說，二里路外有那市井，何不去沽些酒來吃？"便去包裹裏取些碎銀子，把花槍挑了酒葫蘆，把兩扇草場門反鎖了，帶了鑰匙，迤邐背着北風而行。那雪正下得緊。行不上半里多路，望見一簇人家。林冲住腳看時，見籬笆中，挑着一個草帚兒在露天裏。林冲逕到店裏。主人道："客人，那裏來？"林冲道："你認得這個葫蘆兒？"主人看了道；"這葫蘆是草料場老軍的。"店主道:"即是草料場看守大哥,且請少坐,天氣寒冷,且酌三杯,權當接風。"店家切一盤熟牛肉,燙一壺熱酒,請林冲吃。林冲又自買了些牛肉,就又買了一葫蘆酒,留下些碎銀子,叫聲"相擾",便出籬笆門仍舊迎着朔風回來。看那雪到晚越下得緊了。

林冲踏着那瑞雪,飛也似奔到草場門口,開了鎖入內看時,只叫得苦。原來天理昭然,佑護善人義士,那兩間草廳已被雪壓倒了。林冲恐怕火盆內有火炭延燒起來,搬開破壁子,探半身入去摸時,火盆內火種都被雪水浸滅了。牀上摸時,只拽得一條絮被,林冲鑽將出來,見天色黑了,尋思:"又沒打火處,怎生安排?這半里路上有個古廟可以安身,我且去那裏宿一夜。"把被捲了,依舊把門拽上,鎖了,望那廟裏來。入得廟門,再把門掩上。旁邊正有一塊大石頭,撥將過來靠了門。林冲把槍和酒葫蘆都放在供桌上,把被扯來,蓋了半截下身,卻把葫蘆冷酒提來慢慢地吃,就將懷中牛肉下酒。

林冲落草梁山泊

正吃時,只聽得外面必必剝剝地爆響。林冲跳起身來,就縫裏看時,只見草料場裏火起,刮刮雜雜的燒着。林冲便拿了花槍,卻待開門來救火,只聽得外面有人說話,林冲就伏門邊聽時,是三個人腳步響,直奔廟裏來。用手推門,卻被石頭靠住了,再也推不開。三人在廟簷下立地看火。數內一個道:"這一條計好麼?"一個應道:"端的虧管營、差撥兩位用心!回到京師,稟過太尉,都保你二位做大官。"一個道:

“林冲今番直吃我們對付了！高衙內這病必然好了！”又一個道：“小人直爬入牆裏去，四下草堆上點了十來個火把，待走那裏去！”那一個道：“這早晚燒個八分過了。”又一個道：“我們回城裏去罷。”一個道：“再看一看，拾得他兩塊骨頭回京，府裏見太尉和衙內時，也道我們會幹事。”

林冲聽那三個人時，一個是差撥，一個是陸虞候，一個是富安，自思道：“天可憐見林冲！若不是倒了草廳，我準定被這廝們燒死了！”輕輕把石頭搬開，挺着花槍，左手拽開廟門，大喝一聲：“潑賊那裏去！”三個人都急要走時，驚得呆了，林冲舉手，肐察的一槍，先搠倒差撥。陸虞候叫聲“饒命！”嚇的慌了，手腳走不動。那富安走不到十來步，被林冲趕上，後心只一槍，又搠倒了。翻身回來，陸虞候卻才行得三四步，林冲喝聲道：“奸賊！你待那裏去！”劈胸只一提，丟翻在雪地上，身邊取出那口刀來，便去陸謙臉上擱着，喝道：“潑賊！我自來和你無甚冤仇，你如何這等害我！正是‘殺人可恕，情理難容！’”陸虞候告道：“不干小人事，太尉差遣，不敢不來。”林冲罵道：“奸賊！我與你自幼相交，今日倒來害我！怎不干你事？且吃我一刀！”把陸謙上身衣扯開，把尖刀向心窩裏只一剜，七竅迸出血來，將心肝提在手裏，回頭看時，差撥正爬將起來要走。林冲按住，喝道：“你這廝原來也恁的歹，且吃我一刀！”又早把頭割下來，挑在槍上。回來把富安、陸謙頭都割下來，把尖刀插了，將三個人頭髮結做一處，提入廟裏來，都擺在山神面前供桌上。再穿了白布衫，繫了搭膊，把氈笠子帶上，提了槍，便出廟門投東去了。

　　且説林沖拿了柴大官人的引薦書緘，便徑投梁山泊而去。在枕溪酒店遇得"旱地忽律"朱貴，表明身分，朱貴當時便引了林沖，搖船望泊子裏去，奔金沙灘來。

　　到得岸邊，朱貴同林沖上了岸。小嘍囉先去報知。二人進得關來，兩邊夾道旁擺着隊伍旗號，又過了兩座關隘，方才到寨門口。林沖看見四面高山，三關雄壯，團團圍定；中間裏鏡面也似一片平地，可方三五百丈，靠着山口才是正門，兩邊都是耳房。朱貴引着林沖來到聚義廳上，中間交椅上坐着一個好漢，正是白衣秀士王倫；左邊交椅上坐着摸着天杜遷；右邊交椅坐着雲裏金剛宋萬。朱貴、林沖向前聲喏了。林沖立在朱貴側邊。朱貴便道："這位是東京八十萬禁軍教頭，姓林，名沖，綽號豹子頭。因被高太尉陷害，刺配滄州。那裏又被火燒了大軍草料場。爭奈殺死三人，逃走在柴大官人家，好生相敬，因此特寫書來，舉薦入夥。"林沖懷中取書遞上。王倫接來拆開看了，便請林沖來坐第四位交椅，朱貴坐了第五位。一面叫小嘍囉取酒來，把了三巡，動問："柴大官人近日無恙？"林沖答道："每日只在郊外獵較樂情。"

　　王倫動問了一回，驀然尋思道："我卻是個不及第的秀才，因鳥氣合着杜遷來這裏落草，續後宋萬來，聚集這許多人馬伴當。我又沒十分本事，杜遷、宋萬武藝也只平常。如今不爭添了這個人，他是京師禁軍教頭，必然好武藝。倘若被他識破我們手段，他須佔強，

精選水滸傳

林沖落草梁山泊

我們如何迎敵？不若只是一怪，推卻事故，發付他下山去便了，免致後患。只是柴進面上卻不好看，如今也顧他不得！"重叫小嘍囉一面安排酒，食整筵宴，請林冲赴席。眾好漢一同吃酒。將次席終，王倫叫小嘍囉把一個盤子托出五十兩白銀，兩匹紵絲來。王倫起身說道："大官人舉薦將教頭來敝寨入夥，爭奈小寨糧食缺少，屋宇不整，人力寡薄，恐日後誤了足下，亦不好看。略有些薄禮，望乞笑留。尋個大寨安身歇馬，切勿見怪。"林冲道："三位頭領容覆：小人千里投名，萬里投主，憑託大官人面皮，徑投大寨入夥。林冲雖然不才，望賜收錄，實為平生之幸，不為銀兩齎發而來。乞頭領照察。"王倫道："我這裏是個小去處，如何安着得你？休怪，休怪。"朱貴見了便諫道："哥哥在上，莫怪小弟多言。山寨中糧食雖少，近村遠鎮可以去借；山場水泊，木植廣有，便要蓋千間房屋卻也無妨。這位是柴大官人力舉薦來的人，如何教他別處去？這位又是有本事的人，他必然來出氣力。"杜遷道："山寨中那爭他一個。"宋萬也勸道；"柴大官人面上，可容他在這裏做個頭領，也好。不然，見得我們無義氣，使江湖上好漢見笑。"王倫道："兄弟們不知。他在滄州雖是犯了迷天大罪，今日上山，卻不知心腹。倘或來看虛實，如之奈何？"林冲道："小人一身犯了死罪，因此來投入夥，何故相疑？"王倫道："既然如此，你若真心入夥，把一個投名狀來。"林冲便道："小人頗識幾字。"乞紙筆來便寫。朱貴笑道："教頭，你錯了。但凡好漢們入夥，須要納投名狀。是教你下山去殺得

精選水滸傳

林冲落草梁山泊

一個人，將頭獻納，他便無疑心，這個便請之‘投名狀’。”林冲叫聲“慚愧！”

小嘍囉引林冲去客房內歇了一夜。次早起來，吃些茶飯，叫一個小嘍囉領路下山，林冲把船渡過去，在僻靜小路上等候客人過往。從朝至暮，等了一日，並無一個孤單客人經過。歇了一夜，次日，清早起來，和小嘍囉吃了早飯，拿了衮刀又下山來。兩個過渡，來到林子裏等候，並不見一個客人過往。林冲對小嘍囉道：“我恁地晦氣！等了兩日，不見一個孤單客人過往，如何是好？”小嘍囉道：“哥哥且寬心，明日還有一日限，我和哥哥去東山路上等候。”當晚依舊渡回，卻只得了一擔行李。林冲道“你看我命苦麼？來了三日，甫能等得一個人來！”小校道：“雖然不殺得人，這一擔財帛可以抵當。”林冲道：“你先挑了上山去，我再等一等。”小嘍囉先把擔兒挑出林去，只見山坡下轉出一個大漢來。林冲見了，說道：“天賜其便！”只見那人挺着朴刀，大叫如雷，喝道：“潑賊！殺不盡的強徒！將俺行李那裏去！洒家正要捉你這廝們，倒來拔虎鬚！”飛也似踴躍將來。林冲見他來得勢猛，也使步迎他。不是這個人來鬥林冲，有分教：

> 梁山泊內，添幾個弄風白額大蟲；
> 水滸寨中，轉幾隻跳澗金睛猛獸。

話說林冲打一看時，只見那漢子頭戴一頂范陽氈笠，上撒着一把紅纓；穿一領白緞子征衫，跨口腰刀，

生得七尺五六身材，面皮上老大一搭青記，腮邊微露些少赤鬚，挺手中朴刀，高聲喝道："你那潑賊！將俺行李財帛那裏去了。"林冲正沒好氣，那裏答應，圓睜怪眼，倒豎虎鬚，挺着朴刀，鬥那個大漢。此時殘雪初晴，薄雲方散。一往一來，鬥到三十來合，不分勝敗。正鬥到難分際，只見山高處叫道："兩位好漢，不要鬥了。"林冲聽得，驀地跳出圈子外來。兩個收住手中朴刀，看那山頂上時，卻是白衣秀士王倫和杜遷、宋萬，並許多小嘍囉。走下山來，將船渡過了河，說道："兩位好漢，端的好兩口朴刀！神出鬼沒！這個是俺的兄弟豹子頭林冲。青面漢，你卻是誰？願通姓名。"那漢道："洒家是三代將門之後，五侯楊令公之孫，姓楊名志。流落在此關西。道君因蓋萬歲山，差一般十個制使去太湖邊搬運'花石綱'赴京交納。不想洒家時乖運蹇，押着那花石綱來到黃河裏，遭風打翻了船，失陷了花石綱，逃去他處避難。如今赦了俺們罪犯。洒家今來收的一擔兒錢物，待回東京去理會本身的勾當。打從這裏經過，僱請莊家挑那擔兒，不想被你們奪了。可把來還洒家，如何？"王倫道："莫是綽號'青面獸'的？"楊志道："洒家便是。"王倫道："既然是楊制使，就請到山寨，吃三杯水酒，納還行李，如何？"楊志道："好漢既然認得洒家，便還了俺行李，更強似請吃酒。"王倫道："制使，小可數年前到東京應舉時，便聞制使大名；今日幸得相見，如何教你空去？且請到山寨少敍片時，並無他意。"

　　楊志聽說了，只得跟了王倫一行人等過了河，上

山寨來。就叫朱貴同上山寨相會。都來到寨中聚義廳上。左邊一帶，四把交椅，卻是王倫、杜遷、宋萬、朱貴；右邊一帶，兩把交椅，上首楊志，下首林冲。都坐定了。王倫叫殺羊置酒，不在話下。酒至數杯，王倫心裏想道：「若留林冲，實形容得我們不濟，不如我做個人情，並留了楊志，與他作敵。」因指着林冲對楊志道：「這個兄弟，他是東京八十萬禁軍教頭，喚做豹子頭林冲；因這高太尉那廝安不得好人，把他尋事刺配滄州。那裏又犯了事。如今也新到這裏。不是王倫糾合制使，小可兀自棄文就武，來此落草，制使又是有罪的人，雖經赦宥，難復前職；亦且高俅那廝見掌軍權，他如何肯容你？不如只就小寨歇馬，大秤分金銀，大碗吃酒肉，同做好漢。不知制使心下主意若何？」楊志答道：「重蒙眾頭領如此帶攜，只是洒家有個親眷，見在東京居住。前者官事連累了，不曾酬謝得他，今日欲要投那裏走一遭，望眾頭領還了洒家行李。如不肯還，楊志空手也去了。」王倫笑道：「既是制使不肯在此，如何敢勒逼入夥。且請寬心住一宵，明日早行。」楊志大喜。次日又置酒與楊志送行。吃了早飯，眾頭領叫一個小嘍囉把昨夜擔兒挑了，一齊都送下山。來到路口，與楊作別。叫小嘍囉渡河，送出大路。眾人相別了，自回山寨。王倫自此方才肯教林冲坐第四位，朱貴坐第五位。從此，五個好漢在梁山泊打家劫舍，不在話下。

五　楊志賣刀

精選水滸傳

楊志賣刀

　　且説楊志出了大路，尋個莊家挑了擔子，不數日，來到東京。楊志到店中放下行李，叫店小二將些碎銀子買些酒肉吃了。過數日，央人來樞密院打點，將出那擔兒金銀物買上告下，再要補殿司府制使職役。把許多東西都使盡了，方才得申文書，引去見殿帥高太尉，來到廳前。那高俅把從前歷事文書都看了，大怒道：“既是你等十個制使去運花石綱，九個回到京師交納了，偏你這廝把花石綱失陷了！又不來首告，倒又在逃，許多時捉拿不着！雖經赦宥，所犯罪名，難以委用！”把文書一筆都批了，將楊志趕出殿帥府來。楊志悶悶不已，只到客店中，思量：“王倫勸俺，也見得是，只是酒家清白姓字，不肯將父母遺禮來點污了，指望把一身本事，邊庭上一槍一刀，也與祖宗爭口氣，不想又吃這一閃！高太尉你忒毒害，恁地刻薄！”心中煩惱了一回。盤纏使盡了，楊志尋思道：“卻是怎地好？只有祖上留下這口寶刀，從來跟着酒家，如今只得拿去街上貨賣，好做盤纏，投往他處安身。”當日將寶刀插了草標兒，上市去賣，並無一個人問。將立到晌午時分，轉來到天漢州橋熱鬧處去賣。

　　楊志立未久，只見兩邊的人都跑入河下巷內去躲。楊志看時，只見都亂攛，口裏還説道：“快躲了！大蟲來也！”楊志道：“好作怪！卻那得大蟲來？”只見遠遠地黑凜凜一條大漢，吃得半醉，一步一攧撞將來。楊志看那人時，卻是京師有名的破落戶潑皮，叫做沒毛大蟲牛二，專在街上撒潑、行兇，連為幾頭官司，開封府也治他不下，以此，滿城人見那廝來都躲了。

卻說牛二搶到楊志面前，就手裏把那口寶刀扯將出來，問道：“漢子，你這刀要賣幾錢？”楊志道：“祖上留下寶刀，要賣三千貫。”牛二喝道：“甚麼鳥刀！我三十文買一把，也切得肉，切得豆腐！你的鳥刀有甚好處，叫做寶刀？”楊志道：“第一件，砍銅剁鐵，刀口不捲，第二件，吹毛得過，第三件，殺人刀上沒血。”牛二道：“你敢剁銅錢麼？”楊志道：“你便將來，剁與你看。”

牛二便去州橋下香椒舖裏討了二十文當三錢，一垜兒將來放在州橋欄杆上，叫楊志道：“漢子，你若剁得開時，我還你三千貫！”那時看的人雖然不敢近前，遠遠地圍住了望。楊志道：“這個直得甚麼！”把衣袖捲起，拿刀在手，看較準，只一刀把銅錢剁做兩半。眾人喝采。牛二道：“喝甚麼鳥采！你且說第二件是甚麼？”楊志道：“吹毛得過，若把幾根頭髮，望刀口上只一吹，齊齊都斷。”牛二道：“我不信！”自把頭上拔下一把頭髮，遞與楊志，“你且吹我看。”楊志左手接過頭髮，照着刀口上盡氣力一吹，那頭髮都做兩段，紛紛飄下地來。眾人喝采。

牛二又問；“第三件是甚麼？”楊志道：“殺人刀上沒血。”牛二道：“怎地殺人刀上沒血？”楊志道：“把人一刀砍了，並無血痕。只是個快。”牛二道：“我不信！你把刀來剁一個人我看。”楊志道：“禁城之中，如何敢殺人。你不信時，取一隻狗來殺與你看。”牛二道：“你說殺人，不曾說殺狗！”楊志道：“你不買便罷！只管纏人做甚麼？”牛二道：“你將來我看！”楊志道：“你只顧沒了當！洒家又不是你撩撥的！”牛二道：“你敢殺我！”楊志道：“和你往日無冤，昔日無仇，沒來由殺你做甚麼。”牛二緊揪住楊志，說道：“我偏要買你這口刀！”楊志道：“你要買，將錢來！”牛二道：“我沒錢！”楊志道：“你沒錢，揪住洒家怎地？”牛二道：“我要你這口刀！”楊志道：“我不與你！”牛二道：“你好男子，剁我一刀！”楊志大怒，把牛二推了一交。牛二爬將起來，鑽入楊志懷裏。楊志叫道：“街坊鄰舍都是證見！楊志無盤纏，自賣這口刀，這個潑皮強奪洒家的刀，又把俺打！”街坊人都怕這牛二，誰敢向前來勸。牛二喝道：“你說我打你，便打殺，直甚麼！”口裏說，一面揮起右手，一拳打來。楊志霍地躲過，拿着刀搶入來，一時性起，望牛二頸根上搠個着，撲地倒了。楊志趕入去，把牛二胸脯上又連搠了兩刀，血流滿地，死在地上。

楊志叫道：“洒家殺死這個潑皮，怎肯連累你們。潑皮既已死了，你們都來同洒家去官府裏出首！”坊隅眾人慌忙攏來，隨同楊志，徑投開封府出首。府尹道：“既是自行前來出首，免了這廝入門的款打。”且叫取一面枷枷了，帶了仵作行人，疊成文案。眾鄰舍都出了供狀保放，隨衙聽候當廳發落，將楊志於死囚牢裏監守。

天漢州橋下眾人為是楊志除了街上害人之物，都

斂些盤纏，湊些銀兩來與他送飯，上下又替他使用。推司也覷他是個有名的好漢，又與東京街上除了一害，把款狀都改得輕了，招做“一時鬥毆，誤傷人命。”待六十日限滿，當廳推司稟過府尹，將楊志帶出廳前，除了長枷，斷了二十脊杖，喚個文墨匠人刺了兩行“金印”，迭配北京大名府留守司充軍。那口寶刀沒官入庫。當廳押了文牒，差兩個防送公人，把七斤半鐵葉盤頭護身枷釘了，便教監押上路。三個在路，夜宿旅館，曉行驛道，不數日，來到北京。那留守喚作梁中書，是東京當朝太師蔡京的女婿。當日是二月初九日。兩個公人解楊志到留守司廳前，呈上開封府公文。梁中書看了。原在東京時也曾認得楊志。當下一見了，備問情由，楊志便把高太尉不容復職，使盡錢財，將寶刀貨賣，因而殺死牛二的實情，通前一一告稟了。梁中書聽得大喜，當廳就開了枷，留在廳前聽用，押了批回與兩個公人自回東京，不在話下。

只說楊志自在梁中書府中早晚慇懃聽候使喚。梁中書有心要抬舉他，欲要遷他做個軍中副牌，只恐眾人不伏。因此，傳下號令，教軍政司告示來日都要出東郭門教場中去演武試藝。次日天曉，正值風和日暖。梁中書早飯已罷，帶領楊志上馬，前遮後擁，往東郭門來。到得教場中。大小軍卒並許多官員接見，就演武廳前下馬，到廳上正面一把渾銀交椅坐上。前後周圍惡狠狠地列着百員將校。正將台上立着兩個都監，一個喚做李天王李成，一個喚做聞大刀聞達。二人皆有萬夫不當之勇，統領着許多軍馬，一齊都來朝着梁

精選水滸傳

楊志賣刀

中書呼三聲喏。

梁中書傳下令來，叫喚副牌軍周謹向前聽令。右陣裏周謹聽得呼喚，躍馬到廳前，跳下馬，插了槍，暴雷也似聲個大喏。梁中書道："着副牌軍施逞本身武藝。"周謹得了將令，綽槍上馬，在演武廳前，將手中槍使了幾路。眾人喝采。梁中書道："叫東京對撥來的軍健楊志。"楊志轉過廳前，唱個大喏。梁中書道："楊志，我知你原是東京殿司府制使軍官，犯罪配來此間。即日盜賊猖狂，國家用人之際。你敢與周謹比試武藝高低？如若贏得，便遷你充其職役。"楊志道："若蒙恩相差遣，安敢有違鈞旨。"梁中書叫取一匹戰馬來，教甲仗庫隨行官吏應付軍器；教楊志披掛上馬，與周謹比試。楊志去廳後把夜來衣甲穿了，拴束罷，上馬從廳後跑將出來。梁中書看了道："着楊志與周謹先比槍。"周謹怒道："這個賊配軍！敢來與我交槍！"兩個勒馬在門旗下，正欲交戰交鋒。只見兵馬都監聞達喝道："且住！"自上廳來稟覆梁中書道："覆恩相：論這兩個比試武藝，雖然未見本事高低，槍刀本是無情之物，今日軍中自家比試，可將兩根槍去了槍頭，各用氈片包裹，地下蘸了石灰，再各上馬，都與皂衫穿着，但用槍桿廝捅；如白點多當輸。"梁中書道："言之極當。"兩個領了言語，去了槍尖，都用氈片包了，縛成骨朵，身上各換了皂衫，各用槍去石灰桶裏蘸了石灰，再各上馬，那周謹躍馬挺槍，直取楊志。兩個在陣前，來來往往，番番覆覆，攪做一團，鞍上人鬥人，坐下馬鬥馬。兩個鬥了四五十合，看周謹時，恰似打翻了豆腐的，斑斑點點，約有三五十處；看楊志時，只有左肩胛下一點白。梁中書大喜，叫喚周謹上廳，看了跡印，道：「前官參你做個軍中副牌，量你這般武藝，如何南征北討？教楊志替此人職役。」梁中書叫軍政司呈文案來，教楊志截替了周謹職役。楊志神色不動，下了馬便向廳前來拜謝恩相，充其職役。

精選水滸傳

楊志賣刀

不想階下左邊轉上一個人來，叫道：「休要謝職！我和你兩個比試！」楊志看那人時，面圓耳大，唇闊口方，腮邊一部落腮鬍鬚，威風凜凜，相貌堂堂，直到梁中書面前聲了喏，稟道：「周謹患病未痊，精神不到，因此誤輸與楊志。小將不才，願與楊志比試武藝。如若小將折半點便宜與楊志，便教楊志替了小將職役，雖死而不怨。」梁中書看時，不是別人，卻是大名府留守司正牌軍索超。為是他性急，撮鹽入火，為國家面上只要爭氣，當先廝殺，因此人都叫他做急先鋒。李成聽得，便下將台來，直到廳前稟覆道：「相公，這楊志既是殿司制使，必然好武藝，正好與索正牌比試武藝，便見優劣。」梁中書聽了，心中想道：「我指望一力要抬舉楊志，眾將不伏；一發等他贏了索超，他們也死而無怨，卻無話說。」梁中書隨即喚楊志上廳，問道：「你與索超比試武藝，如何？」楊志稟道：「恩相將令，安敢有違？」梁中書道：「既如此，你去廳後換了裝束，好生披掛。」教甲仗庫隨行官吏取應用軍器給與，就叫：「牽我的戰馬借與楊志騎。小心在意，休覷等閒。」楊志謝了，自去結束。卻說李成分付索超道：「周謹是你徒弟，先自輸了，你若有些疏失，吃他把大名府軍官都看得輕了。我有一匹慣曾上陣的戰馬並一副披掛，都借與你。休教折了銳氣！”索超謝了，也自去結束。

梁中書起身，走出階前來，直到月台欄杆坐定，左右打傘的撐開那把銀葫蘆頂茶褐羅三簷涼傘來蓋定在梁中書背後。將台上傳下將令，早把紅旗招動，兩邊金鼓齊鳴，發一通擂，去那教場中兩陣內各放了個砲。砲響處，索超跑馬入陣內，藏在門旗下，楊志也從陣前跑馬入軍中，直到門旗背後，教場中誰敢做聲，靜蕩蕩的。再一聲鑼響，扯起淨平白旗，將台上又青旗招動。只見第三通戰鼓響處，去那左邊陣內門旗下，閃出牌軍索超，直到陣前，兜住馬，拿軍器在手，果是英雄！他身披一副鐵葉攢成鎧甲；腰繫一條金獸面束帶，前後兩面青銅護心鏡，左帶一張弓，右懸一壺箭，手裏橫着一柄金蘸斧，坐下李都監那匹慣戰能征雪白馬。右邊陣內門旗下，分開鸞鈴響處，楊志提手中槍出馬直至陣前，勒住馬，橫着槍在手，果是勇猛！但見：身穿一副釣嵌梅花榆葉甲，繫一條紅絨打就勒甲條，前後獸面掩心；一張皮靶弓，數根鑿子箭，手中挺着渾鐵點鋼槍，騎的是梁中書那匹火塊赤千里嘶風馬。兩邊軍將暗暗地喝采，雖不知武藝如何，先見威風出眾。旗牌官拿着銷金“令”字旗，驟馬而來，喝道：“奉相公鈞旨，教你兩個俱各用心。如有虧誤處，定行責罰，若是贏時，多有重賞。”二人得令，縱馬出陣，都到教場中。索超忿怒，輪手中大斧，拍馬來戰楊志；楊志逞威，撚手中神槍來迎索超。兩個在教場中間，將台前面。一來一往，一去一回；四條臂膊縱橫，八隻馬蹄撩亂。兩個鬥到五十餘合，不分勝敗，月台上梁中書看得呆了。兩邊眾軍官看了，喝采不迭。陣前軍士們遞相廝覷，道："我們做了許多年軍，也曾出了幾遭征，何曾見這等一對好漢廝殺！"李成、聞達，在將台上不住聲叫道："好鬥！"

聞達心上只恐兩個內傷了一個，慌忙招呼旗牌官飛來與他分了。將台上忽的一聲鑼響，楊志和索超鬥到是處，各自要爭功，那裏肯回馬。旗牌官飛來叫道："兩個好漢歇了，相公有令！"楊志、索超，方才收了手中軍器，勒坐下馬，各跑回本陣來，只等將令。李成、聞達下將台來，直到月台下，稟覆梁中書道："相公，據這兩個武藝一般，皆可重用。"梁中書大喜，傳下將令，喚楊志、索超。旗牌官傳令，喚兩個到廳前，都下了馬。梁中書叫取兩錠白銀、兩副表裏來賞賜二人，就叫軍政司將兩個都陞做管軍提轄使；便叫貼了文案，從今日便參了他兩個。索超、楊志都拜謝了梁中書，將着賞賜下廳來，卸了頭盔衣甲，換了衣裳，都上廳來，再拜謝了眾軍官。梁中書叫索超、楊志兩個也見了禮，入班做了提轄。梁中書十分愛惜楊志，早晚與他並不相離，月中又有一分請受，自漸漸地有人來結識他。那索超見了楊志手段高強，心中也自欽伏。

不覺光陰迅速，又早春盡夏來。時逢端午，梁中書與蔡夫人在後堂家宴，慶賀端陽。梁中書說記得泰山是六月十五日生辰，已派人收買金珠寶貝，送上京師慶壽。見今九分齊備，只是躊躇：上年收買了許多玩器並金珠寶貝，使人送去，不到半路，盡被賊人劫了，

精選水滸傳

楊志賣刀

枉費了這一遭財物，至今嚴捕賊人不獲，今年叫誰人去好？"蔡夫人道："帳前見有許多軍校，你選擇知心腹的人去便了。"梁中書道："尚有四五十日，早晚催併禮物完足，那時選擇去人未遲。夫人不必掛心。"當日家宴，午牌至二更方散。

話說那東溪村保正姓晁，名蓋，平生仗義疏財，專愛結識天下好漢。今有一個好漢，姓劉，名唐，鬢邊一搭硃砂記，人稱赤髮鬼的特來報知晁蓋，說有筆富貴要送與他，道："是北京大名府梁中書收買十萬貫金珠寶貝，送上東京與他丈人蔡太師慶生辰，早晚從這裏經過，此等不義之財取之，何礙？"晁蓋請吳用來說道："他來的意正應我一夢。我昨夜夢見北斗七星直墜在我屋脊上，斗柄上另有一顆小星，化道白光去了。我想星照本家，安得不利？今早正要求請教授商議，此一件事若何。"吳用笑道："小生見劉兄趕來曉蹊，也猜個七八分了。此一事卻好。只是一件：人多不得，人少又做不得；如今只有保正，劉兄，小生三人，這件事如何團弄？便是保正與劉兄十分了得，也擔負不下。這段事，須得七八個好漢方可，多也無用。"晁蓋道："莫非要應夢中星數？"吳用便道："兄長這一夢也非同小可。莫非北地上再有扶助的人來？"尋思了半晌，說道："有了！有了！"

是英雄還是強盜

金聖歎説"不讀水滸，不知天下之奇。"一本《水滸傳》，衍生了許多故事，也帶來許多爭議：這本奇書究竟寫的是甚麼？是英雄好漢的傳奇故事？還是盜賊流寇的打家劫舍？

明朝著名思想家李贄曾寫過一篇文章，叫做《忠義〈水滸傳〉續》，他認為《水滸傳》中的 108 人，從逼上梁山，及至最後招安，都表現出了濃厚的忠義思想。像宋江身在梁山，心在朝廷，一心招安，一意報國，是非常典型的忠義英雄。

同樣是明朝的文學家、思想家和政治家，有"明末文天祥"之稱的左懋第則提出了一個"誨盜説"。他認為《水滸傳》記錄的是一群強盜的故事，是教人做強盜的書，並且認為如果不禁毀《水滸傳》，導致強盜都學宋江之流，教壞了百姓，對於世風的影響是不堪設想的。當時的晚明朝廷也接受了他的建議，將《水滸傳》在全國各地收繳。

在之後的幾百年裏，爭論一直沒有停止過。那麼梁山 108 將到底是英雄還是強盜？且從《水滸傳》中那幾起影響深遠的大事件説起。

"智取生辰綱"無疑是《水滸傳》裏牽涉甚廣的一件大事。在此役中，晁蓋帶領吳用、公孫勝、劉唐及阮氏三兄弟劫了楊志護送的生辰綱。因為此事，楊志前程盡毀被迫落草；晁蓋等人被官府通緝不得不上梁山；甚至宋江和戴宗也因為給晁蓋通風報信以至殺人入獄，最後丟了官職被逼上梁山。生辰綱是梁中書為給岳父蔡京拜壽而搜刮的民脂民膏，按照晁蓋他們的理論，是"不義之財、取之有道"，這原本也不錯。只是，在他們劫富以後，並未濟貧，而是立地分臟，生辰綱的十幾箱金銀被用來大碗喝酒、大塊吃肉，盡情享樂了。對於老百姓而言，他們的血汗銀錢剛從官府的嘴裏掉出來，又被強盜奪去了。

　　"江州劫法場"是梁山眾人與官府的一次正面勇敢搏殺。為了救出宋江、戴宗，他們兵分四路混入法場，與官兵浴血奮戰，有勇有謀，成功地營救了宋江、戴宗。在這次劫法場中，梁山好漢們為兄弟兩肋插刀，不顧自身安危，當是英雄所為。然而仔細看看劫法場的情形，就不禁讓人齒冷："不問軍官百姓，殺得屍橫遍地，血流成渠"，死在他們刀下的，更多的是無辜百姓。

　　更有那些佔山為王的頭目，將過路人的錢財打劫一空；用蒙汗藥的老手朱貴，放倒了多少往來食客；開黑店賣人肉包子的孫二娘，壞了多少人的性命；以殺人為樂的李逵，在他的板斧下，又有多少冤魂？這些就遑論英雄所為了。

　　當然，在梁山眾人中，還是有不少英雄俠義之舉的。像魯智深為素不相識的金家父女出頭，拳打鎮關西；千里迢迢護送相識不久被發配滄州的林沖；單槍匹馬往華州營救史進以致身陷囹圄。這種路見不平，拔刀相助；義之所往，不懼生死的行為，當不愧為真英雄。還有多才多藝、機巧敏捷的燕青，當曾收養他的盧俊義遭到通緝之時，他捨身救主，上梁山，劫法場，歷盡艱難。在為梁山立下汗馬功勞之後，他不慕權利，飄然引去，盡是俠義所為。還有梁山眾人普遍具備的那種蔑視強權、敢於反抗壓迫與不公的精神也是很可貴的。

　　梁山眾人是正是邪？是俠是盜？很難一言界定。時世遷移，滄海桑田，每個時代每個人心中都有一個不同的《水滸傳》，千年功過，自待後人評說。

趣味重溫（一）

一、你明白嗎？

1. 高俅由一個被發配出界的破落戶一躍而成太尉，在他發跡的過程中，輾轉投奔了五處，最後得以重用。他投奔的對象分別是（　　）、（　　）、（　　）、（　　）、（　　）。

2. 梁山 108 將各有一個響亮的綽號，代表着他們為人或者武藝的特色。試將以下人名和外號對應搭配。

   呼保義　　　　　盧俊義

   豹子頭　　　　　劉　唐

   玉麒麟　　　　　柴　進

   入雲龍　　　　　宋　江

   青面獸　　　　　李　逵

   黑旋風　　　　　公孫勝

   小旋風　　　　　林　冲

   赤髮鬼　　　　　楊　志

二、想深一層

1. 王進與林冲前期的遭遇有許多相似之處，然而兩人的結局卻截然不同，試從以下方面比較兩人的異同。

   相同之處：a. 身份：　　　　　　（　　）　　b. 丟官原因：（　　）

   不同之處：c. 面對打壓時的態度（　　）　　d. 最終歸宿：（　　）

2. 陸虞候是林冲的好友，但他卻三番四次地出賣林冲，幫助高俅父子陷害林冲，將林冲逼上絕境。他的惡行主要是：

   a. 東京府林冲家： （　　）

   b. 林冲被押解上路前： （　　）

   c. 滄州草料場： （　　）

3. 董將士把高俅介紹給小蘇學士，是因為（　　）

   a. 嫌棄高俅是個曾被發配的案犯

   b. 想把高俅獻給上司以討歡心

   c. 怕高俅惹得自家孩子不學好

   d. 為高俅謀取一個更好的前程

4. 王進不肯留在史家莊，而要去延安府投老种經略相公，是因為（　　）

   a. 怕高俅追捕連累史家莊

   b. 想去邊疆建功立業

   c. 不屑與史家莊為伍

   d. 老种經略相公是他的故交

5. 野豬林中，魯智深欲殺加害林冲的兩個差人，林冲卻出言制止，為甚麼？（　　）

   a. 認為兩個差人無辜

   b. 不想徹底得罪高俅

   c. 怕連累魯智深吃上官司

   d. 怕殺了官差以後前程盡毀

6. 在林冲來投梁山時，王倫為何讓他先納個投名狀？（　　）

   a. 想考察林冲的武藝

   b. 想考驗林冲的忠心

   c. 讓林冲納投名狀以便服眾

   d. 為難林冲讓他不能順利入夥

7. 楊志賣家傳寶刀的原因是？（　　）

   a. 籌措上路的盤纏

   b. 希望得到英雄的賞識

   c. 籌集金銀打點疏通以獲取官職

   d. 以武會友

三、延伸思考：

1. 《水滸傳》的主角是梁山 108 個好漢，可為甚麼開篇先用了大量筆墨來寫高俅這個奸佞小人？

2. 史進為了少華山上的朱武等人，燒燬了家園，葬送了大好前程，他為甚麼不留下來與朱武等人共享富貴呢？在他落入華州大牢的時候，聚眾上千人的少華山卻沒有一個人來救他，你怎麼看史進與少華山人之間的關係？

3. 林冲在高衙內調戲他妻子的時候，從一開始就選擇了隱忍，以至之後被高俅父子步步相逼最終落草。如果他最初選擇了堅決反抗，結局會否有所不同？

六 智取生辰綱

　　話說當時吳學究道：“我尋思起來，有三個人義膽包身，武藝出眾，只除非得這三個人，方才完得這件事。”晁蓋道：“這三個卻是甚麼樣人？”吳用道：“這三人是親弟兄三個，在濟州梁山泊邊石碣村住，日常只打魚為生。這弟兄三人，一個喚‘立地太歲’阮小二，一個喚‘短命二郎’阮小五，一個喚做‘活閻羅’阮小七。他雖是個不通文墨的人，為見他與人結交，真有義氣，是個好男子，因此和他來往。今已兩年不曾相見，若得此三人，大事必成。”晁蓋道：“我也曾聞這阮家三弟兄的名字，只不曾相會。石碣村離這裏只有百十里路程，何不使人請他們來商議？”吳用道：“着人去請他們，如何肯來。小生必須自去那裏，憑三寸不爛之舌，說他們入夥。”至三更時分，吳用起來洗漱罷，討了些銀兩藏在身邊，穿上草鞋。晁蓋、劉唐，送出莊門。

　　吳用連夜投石碣村來，行到晌午時分，早來到那村中。吳學究自來認得，不用問人，來到石碣村中，逕投阮小二家來，看時，只見枯椿上纜着數隻小漁船，疏籬外曬着一張破魚網，倚山傍水，約有十數間草房。吳用叫一聲道：“二哥在家麼？”阮小二出來見是吳用，慌忙聲喏道：“教授何來？甚風吹得到此？”吳用只作買魚上門造訪，說要十數尾金色鯉魚，要重十四五斤的。看看天色漸晚，阮小二道：“今夜天色晚了，請

教授權在我家宿一宵，小人兄弟且和教授吃三杯，明日
卻再計較。”二人同去尋了阮小五、阮小七，到隔湖酒
店買了酒肉，都放在船艙裏，解了纜索，逕划將開去，
一直投阮小二家來。到得門前上了岸，把船仍舊纜在椿
上，取了酒肉，四人一齊都到後面坐地；便叫點起燈
來。原來阮家兄弟三個，只有阮小二有老小，阮小五，
阮小七都不曾婚娶。

　　四個在阮小二家後面水亭上坐定。阮小七宰了雞，
叫阿嫂在廚下安排。約有一更相次，酒肉都搬來擺在
桌上。吳用勸他兄弟們吃了幾杯，又提起買魚事來。

阮小七道：“若是每常，要三五十尾也有，如今便要重
十斤的也難得！”阮小五道：“教授遠來，我們也對付
十來個重五六斤的相送。”吳用道：“小生多有銀兩在，
此隨算價錢。只是不用小的，須得十四五斤重的便好。”
阮小七道：“教授，卻沒討處。便是五哥許五六斤的也
不能夠，須要等得幾日才得。”阮小二道：“實不瞞教
授說，這般大魚只除梁山泊裏便有。我這石碣湖中狹
小，存不了這等大魚。”吳用道：“這裏和梁山泊一望
不遠，如何不去打些？”阮小二歎了一口氣，道：“休
說。”吳用又問道：“二哥如何歎氣？”阮小五接了說
道：“教授不知，在先這梁山泊是我弟兄們的衣食飯
碗，如今絕不敢去！”吳用道：“恁大去處，終不成官
司禁打魚鮮？”阮小五道：“甚麼官司敢來禁打魚鮮！
便是活閻王也禁治不得！原來教授不知，且和教授說
知。如今泊子裏新有一夥強人佔了，不容打魚。他們不
怕天，不怕地，不怕官司，論秤分金銀，異樣穿紬錦，

成甕吃酒，大塊吃肉，如何不快活？我們弟兄三個空有一身本事，怎地學得他們！"

吳用道："如今山東河北多少英雄豪傑好漢。"阮小二道："好漢們儘有，我弟兄自不曾遇着！"吳用道："只此聞鄆城縣東溪村晁保正，你們曾認得他麼？"阮小五道："莫不是叫做托塔天王的晁蓋麼？"吳用道："正是此人。"阮小七道："雖然只隔得百十里路程，緣分淺薄，聞名不曾相會。"吳用道："這等一個仗義疏財的好男子，如何不與他相見？"阮小二道："我弟兄們無事，也不曾到那裏，因此不能夠與他相見。"吳用道："你們三位弟兄在這裏，不是我壞心術來誘你們。這是件非同小可的勾當！目今朝內蔡太師是六月十五日生辰。他的女婿是北京大名府梁中書，即日起解十萬貫金珠寶貝與他丈人慶生辰。今有一個好漢，姓劉，名唐，特來報知。如今欲要請你去商議，聚幾個好漢向山凹僻靜去處取此一套不義之財。因此，特教小生，只做買魚，來請你們三個計較，不知你們心意如何？"阮小五聽了道："罷！罷！七哥，我和你說甚麼來？"阮小七跳起來道："一世的指望，今日還了願心！正是搔着我癢處，我們幾時去？"吳用道："請三位即便去來。明日起個五更，一齊都到晁天王莊上去。"阮家三弟兄大喜。

次早起來，阮家三弟兄分付了家中，跟着吳學究，四個人離了石碣村，拽開腳步，取路投東溪村來。六人從莊外入來，到得後堂分賓主坐定。吳用把前話說了。晁蓋大喜，便叫莊客宰殺豬羊，安排燒紙。阮氏三弟兄見晁蓋人物軒昂，語言灑落，三個說道：「我們最愛結識好漢，原來只在此間。今日不得吳教授相引，如何得會！」三個弟兄好生歡喜。

次日，晁蓋擺了夜來煮的豬羊燒紙，眾人見晁蓋如此志誠，盡皆歡喜，個個說誓道：「梁中書在北京害民，詐得錢物，卻把去東京與蔡太師慶生辰。此一等正是不義之財。我等六人中，但有私意者，天誅地滅。神明鑒察。」六人都說誓了，燒化紙錢。

六籌好漢正在堂後散福飲酒，只見一個莊客報說：「門前有個先生要面見保正化齋糧。」晁蓋到莊門前看時，只見那個先生身長八尺，道貌堂堂，生得古怪，正在莊門外綠槐樹下，一頭打，一頭口裏說道：「不識好人！」晁蓋見了，叫道：「先生息怒。你來尋晁保正，何故嗔怪如此？」那先生道：「貧道特地來尋保正，有句話說。叵耐村夫無理，毀罵貧道，因此性發。」晁蓋道：「你可曾認得晁保正麼？」那先生道：「只聞其名，不曾見面。」晁蓋道：「小子便是。先生有甚話說？」那先生看了道：「保正休怪，貧道稽首。」晁蓋道：「先生少禮，請到莊裏拜茶，如何？」那先生道：「多感。」兩人入莊裏來。吳用見那先生入來，自和劉唐，三阮，一處躲過。

智取生辰綱

且說晁蓋請那先生到後堂吃茶已罷。那先生道：「這裏不是說話處，別有甚麼去處可坐？」晁蓋見說，便邀那先生又到一處小小閣兒內，分賓主坐定。晁蓋道：「不敢拜問先生高姓？貴鄉何處？」那先生答道：「貧道複姓公孫，單諱一個勝字，道號一清先生。貧道是薊州人氏，人但呼為公孫勝大郎。江湖上都稱貧道做‘入雲龍’。貧道久聞鄆城縣東溪村晁保正大名，無緣不曾拜識。今有十萬貫金珠寶貝，專送與保正作進見之禮。未知義士肯納受否？”晁蓋大笑道：“先生所言，莫非北地生辰綱麼？”那先生大驚道：“保正何以知之？”晁蓋道：“小子胡猜，未知合先生意否？”公孫勝道：“此一套富貴，不可錯過！保正心下如何？”正說之間，只見一個人從閣子外搶將入來，劈胸揪住公孫勝，說道：“你好大膽！卻才商議的事，我都知了也！”晁蓋笑道：“教授休取笑，且請相見。”兩個敘禮罷，吳用道：“江湖上久聞人說入雲龍公孫勝一清大名，不期今日此處得會。”晁蓋道：“這位秀士先生便是智多星吳學究。再有幾個相識在裏面，一發請進後堂深處相見。”三個人入到裏面，就與劉唐、三阮，都相見了。

眾人道：“今日此一會應非偶然，須請保正哥哥正面而坐。”晁蓋道：“量小子是個窮主人，怎敢佔上！”吳用道：“保正哥哥年長。依着小生，且請坐了。”晁蓋只得坐了第一位。吳用坐了第二位。公孫勝坐了第三位。劉唐坐了第四位。阮小二坐了第五位。阮小五坐了第六位。阮小七坐了第七位。

吳用道：“保正夢見北斗七星墜在屋脊上，今日我等七人聚義舉事，豈不應天垂象？此一套富貴，唾手而取。前日所說央劉兄去探聽路程從那裏來，今日天晚，來早便請登程。”公孫勝道：“這一事不須去了。貧道已打聽知他來的路數了，只是黃泥岡大路上來。”晁蓋道：“黃泥岡東十里路，地名安樂村，有一個閒漢叫做‘白日鼠’白勝，也曾來投奔我，我曾齎助他盤纏。”吳用道：“北斗上白光莫不是應在這人？自有用他處。”劉唐道：“此處黃泥岡較遠，何處可以容身？”吳用道：“只這個白勝家，便是我們安身處。”晁蓋聽了大喜，顛着腳，道：“好妙計！不枉了稱你做智多星！果然賽過諸葛亮！好計策！”各自去客房裏歇息。

卻說北京大名府梁中書，收買了十萬貫慶賀生辰禮物完備，選日差人起程。梁中書道：“上年費了十萬貫收買金珠寶貝送上東京去，只因用人不着，半路被賊人劫將去了，至今未獲，今年眼見得又沒個了事的人送去。”蔡夫人指着階下，道：“你常說這個人十分了得，何不着他送去走一遭？不致失誤。”梁中書看階下那人時，卻是青面獸楊志。即喚楊志上廳，說道：“你若與我送生辰綱去，我自有抬舉你處。”楊志又手向前，稟道：“恩相差遣，不敢不依。只不知怎地打點？幾時起身？”梁中書道：“着落大名府差十輛太平車子，帳前撥十個廂禁軍，監押着車；每輛上各插一把黃旗，上寫着‘獻賀太師生辰綱’；每輛車子，再使個軍健跟着。三日內便要起身去。”楊志道：“非是小人推託。其實去不得。乞鈞旨別差英雄精細的人去。”梁中書道：“我有心要抬舉你，如何倒生支詞，推辭不去？”楊志道：“恩相在上，小人也曾聽得上年已被賊人劫去了，至今未獲。今歲途中盜賊又多，此去東京又無水路，都是旱路。經過的是紫金山、二龍山、桃花山、傘蓋山、黃泥岡、白沙塢等幾處都是強人出沒的去處。他知道是金銀寶物，如何不來搶劫！枉結果了性命！以此去不得。"梁中書道："怎地時多着軍校防護送去便了。"楊志道："恩相便差一萬人去也不濟事。"梁中書道："你這般地説時，生辰綱不要送去了？"楊志又稟道："若依小人一件事，便敢送去。"梁中書道："我既委在你身上，如何不依，你説。"楊志道："若依小人説時，並不要車子，把禮物都裝做十餘條擔子，只做客人的打扮，點十個壯健的廂禁軍，裝做腳夫挑着，只消一個人和小人去，打扮做客人，悄悄連夜上東京交付，怎地時方好。"梁中書道："你甚説得是。我寫書呈，重重保你，受道誥命回來。"楊志道："深謝恩相抬舉。"當日便叫楊志一面打拴擔腳，一面選揀軍人。

次日，叫楊志來廳前伺候，梁中書問道："楊志，你幾時起身？"楊志稟道："告覆恩相，只在明早準行，就委領狀。"梁中書隨即喚老謝都管並兩個虞候出來，當廳分付道："楊志提轄情願委了一紙領狀監押生辰綱——十一擔金珠寶貝——赴京太師府交割。這干係都在他身上，你三人和他做伴去，一路上，早起晚行，住、歇，都要聽他言語，小心在意，早去早回，休教有失。"老都管一一都應了。當口楊志領了。次日早起五更，在府裏把擔仗都擺在廳前。老都管和兩個虞候又將一小擔財帛，共十一擔，揀了十一個壯健的廂禁軍，都做腳夫打份。楊志戴上涼笠兒，繫了纏帶行履麻鞋，跨口腰刀，提條朴刀。老都管也打扮做個客人模樣。兩個虞候假裝做伴當。各人都拿了條朴刀，又帶幾根

藤條。一行人都吃得飽了，在廳上拜辭了。梁中書看
軍人擔仗起程。一行共是十五人，離了梁府，出得北
京城門，取大路投東京進發。

　　此時正是五月半天氣，雖是晴明得好，只是酷熱
難行。這一行人要取六月十五日生辰，端的只是起五
更，趁早涼便行，日中熱時便歇。五七日後，人家漸
少，行路又稀，一站站都是山路。楊志卻要辰牌起身，
申時便歇。那十一個廂禁軍，擔子又重，無有一個稍
輕，天氣熱了，行不得，見着林子便要去歇息。楊志
趕着催促要行，如若停住，輕則痛罵，重則藤條便打，
逼趕要行。兩個虞候雖只背些包裹行李，也氣喘了行
不上。楊志便嗔道：“你兩個好不曉事！這干係須是俺
的！你們不替洒家打這夫子，卻在背後也慢慢地捱！
這路上不是耍處！”那虞候道：“不是我兩個要慢走，
其實熱了行不動，前日只是趁早涼走，如今恁地正熱
裏要行，正是好歹不均勻！”楊志道：“你這般說話，
卻似放屁！前日行的須是好地面；如今正是尷尬去處，
若不日裏趕過去，誰敢五更半夜走？”當日行到申牌時
分，尋得一個客店裏歇了。那十一個廂禁軍兩汗通流，
都歡氣吹噓，對老都管說道：“我們不幸做了軍健！情
知道被差出來。這般火似熱的天氣，又挑着重擔，這
兩日又不揀早涼行，動不動老大藤條打來，都是一般
父母皮肉，我們直恁地苦！”老都管道：“你們不要怨
悵，巴到東京時，我自賞你。”那眾軍漢道：“若是似
都管看待我們時，並不敢怨悵。”又過了一夜。次日，
天色未明，眾人起來，都要乘涼起身去。楊志跳起來，

喝道：“那裏去！且睡了！”眾軍漢道：“趁早不走，日裏熱時走不得，卻打我們！”楊志大罵道：“你們省得甚麼！”拿了藤條要打。眾軍忍氣吞聲，只得睡了。當日直到辰牌時分，慢慢地打火吃了飯走。一路上趕打着，不許投涼處歇。那十一個廂禁軍口裏喃喃呐呐地怨悵；兩個虞候在老都管面前絮絮聒聒地搬口，老都管聽了，心內自惱他。

　　似此行了十四、五日，那十四個人沒一個不怨悵楊志。當日正是六月初四日時節，天氣未及晌午，一輪紅日當天，沒半點雲彩，其日十分大熱，當日行的路都是山僻崎嶇小徑，約行了二十餘里路程，那軍人們思量要去柳陰樹下歇涼，被楊志拿着藤條打將來，喝道：“快走！教你早歇！”眾軍人看那天時，四下裏無半點雲彩，其實那熱不可當。楊志催促一行人在山中僻路裏行。看看日色當午，那石頭上熱了腳疼，走不得。眾軍漢道：“這般天氣熱，兀的不曬殺人！”楊志喝着軍漢道：“快走！趕過前面岡子去，卻再理會。”

　　一行十五人奔土岡子來，歇下擔仗，十四人都去松林樹下睡倒了。楊志説道：“苦也！這裏是甚麼去處，你們卻在這裏歇涼！起來快走！”眾軍漢道：“你便剁做我七八段也是去不得了！”楊志拿起藤條，劈頭劈腦打去。打得這個起來，那個睡倒，楊志無可奈何。只見兩個虞候和老都管氣喘急急，也巴到岡子上松樹下坐下喘氣。看這楊志打那軍健，老都管見了，説道：“提轄！端的熱了走不得！休見他罪過！”楊志道：“都管，你不知。這裏是強人出沒的去處，地名叫做黃泥岡，閒常太平時節，白日裏兀自出來劫人，休道是這般光景。誰敢在這裏停腳！”兩個虞候聽楊志說了，便道：“我見你說好幾遍了，只管把這話來驚嚇人！”老都管道：“權且教他們眾人歇一歇，略過日中行，如何？”楊志道：“你也沒分曉了！如何使得？這裏下岡子去，兀自有七八里沒人家。甚麼去處。敢在此歇涼！”老都管道：“我自坐一坐了走，你自去趕他眾人先走。”楊志拿着藤條，喝道：“一個不走的吃他二十棍！”眾軍漢一齊叫將起來。

精選水滸傳

智取生辰綱

楊志卻待要回言，只見對面松林裏影着一個人在那裏舒頭探腦價望。楊志道：“俺說甚麼，兀的不是歹人來了！”撇下籐條，拿了朴刀，趕入松林裏來，喝一聲道：“你這廝好大膽！怎敢看俺的行貨！”趕來看時，只見松林裏一字兒擺着七輛江州車兒；六個人，脫得赤條條的，在那裏乘涼，一個鬢邊老大一搭硃砂記，拿着一條朴刀。見楊志趕入來，七個人齊叫一聲“阿也！”都跳起來。楊志喝道：“你等是甚麼人？”那七人道：“你是甚麼人？”楊志道：“你等小本經紀人，偏俺有大本錢？”那七人問道：“你顛倒問！我等是小本經紀，那裏有錢與你！”楊志又問道：“你等莫不是歹人？”那七人道：“我等弟兄七人是濠州人，販棗子上東京去，路途打從這裏經過，聽得多人說這裏黃泥岡上時常有賊打劫客商。我等一面走，一頭自說道：‘我七個只有些棗子，別無甚財貨，只顧過岡子來。’上得岡子，當不過這熱，權且在這林子裏歇一歇，只聽有人上岡子來，我們只怕是歹人，因此使這個兄弟出來看一看。"楊志道:"原來如此。也是一般的客人。"那七個人道:"客官請幾個棗子去。"楊志道:"不必。"提了朴刀再回擔邊來。

老都管坐着,道:"既是有賊,我們去休。"楊志說道:"俺只道是歹人,原來是幾個販棗子的客人。"老都管別了臉對眾軍道:"似你方才說時,他們都是沒命的!"楊志道:"不必相鬧,俺只要沒事,便好。你們且歇了,等涼些走。"眾軍漢都笑了。楊志也把朴刀插在地上,自去一邊樹下坐了歇涼。

沒半碗飯時,只見遠遠地一個漢子,挑着一付擔桶,唱上岡子來;唱道:

赤日炎炎似火燒,野田禾稻半枯焦。
農夫心內如湯煮,公子王孫把扇搖!

那漢子口裏唱着,走上岡子來松林裏頭歇下擔桶,坐地乘涼。眾軍看見了,便問那漢子道:"你桶裏是甚麼東西?"那漢子應道:"是白酒。"眾軍道:"挑往那裏去?"那漢子道:"挑出村裏賣。"眾軍道:"多少錢一桶?"那漢子道:"五貫足錢。"眾軍商量道:"我們又熱又渴,何不買些吃?也解暑氣。"正在那裏湊錢,楊志見了喝道:"你們又做甚麼?"眾軍道:"買碗酒吃。"楊志調過朴刀桿便打,罵道:"你們不得洒家言語,胡亂便要買酒吃,好大膽!"眾軍道:"沒事又來鳥亂!我們自湊錢買酒吃,干你甚事?也來打人!"楊志道:"你這村鳥理會得甚麼!到來只顧吃嘴!全不曉得路途上的勾當艱難！多少好漢被蒙汗藥麻翻了！”

那挑酒的漢子看着楊志冷笑道：“你這客官好不曉事！早是我不賣與你吃，卻説出這般沒氣力的話來！”只見對面松林裏那夥販棗子的客人提着朴刀走出來問道：“你們做甚麼鬧？”那挑酒的漢子道：“我自挑這酒過岡子村裏賣，我又不曾賣與他，這個客官道我酒裏有甚麼蒙汗藥，你道好笑麼？”那七個客人説道：“呸！我只道有歹人出來。原來是如此。説一聲也不打緊，我們正想酒來解渴，且賣一桶與我們吃。”那挑酒的道：“不賣！不賣！”這七個客人道：“你這鳥漢子也不曉事！我們須不曾説你。便賣些與我們，打甚麼要緊？”那挑酒的漢子便道：“賣一桶與你不爭，只是被他們説的不好，又沒碗瓢舀吃。”那七人道：“你這漢子忒認真！便説了一聲，打甚麼要緊？我們自有瓢在這裏。”只見兩個客人去車子前取出兩個椰瓢來，一個捧出一大捧棗子來。七個人立在桶邊，開了桶蓋，輪替換着舀那酒吃，把棗子過口。無一時，一桶酒都吃盡了。七個客人道：“正不曾問你多少價錢？”那漢道：“我一了不説價，五貫足錢一桶，十貫一擔。”一個客人把錢還他，一個客人便去揭開桶蓋兜了一瓢，拿上便吃。那漢去奪時，這客人手拿半瓢酒，望松林裏便去。那漢趕將去，只見這邊一個客人從松林裏走將出來，手裏拿一個瓢，便來桶裏舀了一瓢。那漢看見，搶來劈手奪住，望桶裏一傾，便蓋了桶蓋，將瓢望地下一丟，口裏説道：“你這客人好不君子相！戴頭識臉的，也這般囉噪！”

那對過眾軍漢見了，心內癢起來，都待要吃。數中一個看着老都管道：“老爺爺，與我們說一聲！那賣棗子的客人買他一桶吃了，我們胡亂也買他這桶吃，潤一潤喉也好，其實熱渴了，沒奈何；這裏岡子上又沒討水處。老爺方便！”老都管見眾軍所說，竟來對楊志說：“那販棗子客人已買了他一桶吃，只有這一桶，胡亂教他們買吃些避暑氣。岡子上端的沒處討水吃。”楊志尋思道：“俺在遠遠處望這廝們都買他的酒吃了，那桶裏當面也見吃了半瓢，想是好的。打了他們半日，胡亂容他買碗吃罷。”楊志道：“既然老都管說了，教這廝們買吃了，便起身。”眾軍健聽這話，湊了五貫足錢，來買酒吃。那賣酒的漢子道：“不賣了！不賣了！這酒裏有蒙汗藥在裏頭！”眾軍陪着笑，說道：“大哥，直得便還言語？”那漢道：“不賣了！休纏！”這販棗子的客人勸道：“你這個鳥漢子！他也說得差了，你也忒認真，連累我們也吃你說了幾聲。胡亂賣與他眾人吃些。”那漢道：“沒事討別人疑心做甚麼？”這販棗子客人把那賣酒的漢子推開一邊，只顧將這桶酒提與眾軍去吃。那軍漢開了桶蓋，無甚舀吃，陪個小心，問客人借這椰瓢用一用。眾客人道：“就送這幾個棗子與你們過酒。”眾軍謝了。先兜兩瓢，叫老都管吃一瓢，楊提轄吃一瓢，楊志那裏肯吃，老都管自先吃了一瓢。兩個虞候各吃一瓢。眾軍漢一發上，那桶酒登時吃盡了。楊志見眾人吃了無事，自本不吃，一者天氣甚熱，二乃口渴難熬，拿起來，只吃了一半，棗子分幾個吃了。那賣酒的漢子說道：“這桶酒被那客人

饒了一瓢吃了，少了你些酒，我今饒了你眾人半貫錢罷。"眾軍漢湊出錢來還他。那漢子收了錢，挑了空桶，依然唱着山歌，自下岡子去了。

那七個販棗子的客人立在松樹旁邊，指着這十五人，說道："倒也！倒也！"只見這十五個人，頭重腳輕，一個個面面廝覷，都軟倒了。那七個客人從松樹林裏推出這七輛江州車兒，把車子上棗子都丟在地上，將這十一擔金珠寶貝都裝在車子內，遮蓋好了，叫聲"聒噪"，一直望黃泥岡下推去了。楊志口裏只是叫苦，軟了身體，掙扎不起，十五個人眼睜睜地看着那七個人把這金寶裝了去，只是起不來，掙不動，說不得。

這七人端的是誰？不是別人，原來正是晁蓋、吳用、公孫勝、劉唐、三阮這七個。卻才那個挑酒的漢子便是白日鼠白勝。那計較都是吳用主張，喚做"智取生辰綱。"

七 景陽岡武松打虎

　　且說宋江為晁蓋通風報信後，因殺了閻婆惜，為逃追捕，暫避到柴大官人處，誰知在這裏卻碰到了武松。宋江每日帶挈武松一處，飲酒相陪，武松的前病都不發了。相伴宋江住了十數日，武松思鄉，要回清河縣看望哥哥，便墮淚拜辭了自去。

精選水滸傳

景陽岡武松打虎

　　武松自與宋江分別之後，邊走邊尋思道：“江湖上只聞說及時雨宋公明，果然不虛！結識得這般弟兄，也不枉了！”在路上行了幾日，來到陽谷縣地面。當日晌午時分，走得肚中飢渴，望見前面有一個酒店，挑着一面招旗在門前，上頭寫着五個字道：“三碗不過岡”。武松入到裏面坐下，把哨棒倚了，叫道：“主人家，快把酒來吃。”只見店主人把三隻碗，一雙箸，一碟熟菜，放在武松面前，滿滿篩一碗酒來。武松拿起碗一飲而盡，叫道：“這酒好生有氣力！主人家，有飽肚的，買些吃酒。”酒家道：“只有熟牛肉。”武松道：“好的切二三斤來吃酒。”店家去裏面切出二斤熟牛肉，將來放在武松面前，隨即再篩一碗酒。武松吃了道：“好酒！”又篩下一碗。恰好吃了三碗酒，再也不來篩。武松敲着桌子，叫道：“主人家，怎地不來篩酒？”酒家道：“客官，要肉便添來。”武松道：“我也要酒，也再切些肉來。”酒家道：“肉便切來添與客官吃，酒卻不添了。”武松道：“卻又作怪！”便問主人家道：“你如何不肯賣酒與我吃？”酒家道：“客官你須見我門前招旗上面明明寫道：‘三碗不過岡’。”武松道：“怎地喚做‘三碗不過岡’？”酒家道：“但凡客人，來我店中吃了三碗的，便醉了，過不得前面的山岡去，因此喚做‘三碗不過岡’。”武松笑道：“原來恁地，我卻吃了三碗，如何不醉？”酒家道：“我這酒，叫做‘透瓶香’，又喚做‘出門倒’，初入口時，醇醲好吃，少刻時便倒。”武松道：“休要胡説！沒地不還你錢！再篩三碗來我吃！”

酒家見武松全然不動，又篩三碗。酒家道：“客官，休只管要飲。這酒端的要醉倒人，沒藥醫！”武松道：“休得胡鳥説！便是你使蒙汗藥在裏面，我也有鼻子。”店家被他發話不過，一連又篩了幾碗。武松前後共吃了十八碗，綽了哨棒，立起身來，道：“我卻又不曾醉！”走出門前來，笑道：“卻不説‘三碗不過岡’！”手提哨棒便走。酒家趕出來叫道：“客官，那裏去？”武松立住了，問道：“叫我做甚麼？我又不少你酒錢，喚我怎地？”酒家叫道：“我是好意，如今前面景陽岡上有隻吊睛白額大蟲，晚了出來傷人，壞了三二十條大漢性命，官司如今杖限獵戶擒捉發落。岡子路口都有榜文，可教往來客人結夥成隊，於巳、午、未、三個時辰過岡，其餘寅、卯、酉、戌、亥六個時辰不許過岡。更兼單身客人，務要等伴結夥而過。這早晚正是未末申初時分，我見你走都不問人，枉送了自家性命。不如就我此間歇了，等明日慢慢湊得三二十人，一齊好過岡子。”武松聽了，笑道：“我是清河縣人氏，這條景陽岡上少也走過了一二十遭，幾時見説有大蟲！便有大蟲，我也不怕！"酒家道："我是好意救你，你不信時，進來看官司榜文。"武松道："便真個有虎，老爺也不怕！你留我在家裏歇，莫不半夜三更，要謀我財，害我性命，卻把鳥大蟲諕嚇我？"酒家道："我是一片好心，反做惡意，你不信我時，請尊便自行！"一面説，一面搖着頭，自進店裏去了。

武松提了哨棒，大着步，自過景陽岡來。約行了四五里路，見一個敗落的山神廟。行到廟前，見這廟門上貼着一張印紙榜文。武松住了腳讀時，上面寫道：

景陽岡武松打虎

> 陽谷縣示：為景陽岡上新有一隻大蟲傷害人命，見今杖限各鄉里正並獵戶人等行捕未獲。如有過往客商等，可於巳、午、未時辰結伴過岡；其餘時分，及單身客人，不許過岡，恐被傷害性命。各宜知悉。

武松讀了印信榜文，方知端的有虎，欲待轉身再回酒店裏來，須吃他恥笑不是好漢。仔細想了一回，説道："怕甚麼鳥！且只顧上去看怎地！"武松正走，看看酒湧上來，便把氈笠兒掀在脊梁上，將哨棒縮在肋下，一步步上那岡子來，回頭看這日色時，漸漸地墜下去了。此時正是十月間天氣，日短夜長，容易得晚。武松自言自語道："那得甚麼大蟲！人自怕了，不敢上山。"武松走了一程，酒力發作，焦熱起來，一隻手提着哨棒，一隻手把胸膛前衵開，踉踉蹌蹌，直奔過亂樹林來，見一塊光撻撻大青石，把那哨棒倚在一邊，放翻身體，卻待要睡，只見發起一陣狂風。那一陣風過了，只聽得亂樹背後撲地一聲響，跳出一隻吊睛白額大蟲來。武松見了，叫聲"阿呀！"從青石上翻將下來，便拿那條哨棒在手裏，閃在青石邊。那大蟲又飢又渴，把兩隻爪在地下按一按，和身望上一撲，從半空裏攛將下來。武松被那一驚，酒都做冷汗出了。說時遲，那時快；武松見大蟲撲來，只一閃，閃在大蟲背後。那大蟲背後看人最難，便把前爪搭在地下，把腰胯一掀，掀將起來。武松只一閃，閃在一邊。大蟲見掀他不着，吼一聲，卻似半天裏起個霹靂，把這鐵棒也似虎尾倒豎起來只一剪。武松卻又閃在一邊。

原來那大蟲拿人只是一撲、一掀、一剪，三般捉不着時，氣性先自沒了一半。那大蟲又剪不着，再吼了一聲，一兜兜將回來。武松見那大蟲復翻身回來，雙手輪起哨棒，盡平生氣力，只一棒，從半空劈將下來。只聽得一聲響，簌簌地，將那樹連枝帶葉劈打將下來。定睛看時，一棒劈不着大蟲；原來打急了，正打在枯樹上，把那條哨棒折做兩截，只拿得一半在手裏。那大蟲咆哮，性發起來，翻身又只一撲撲將來。武松又只一跳，卻退了十步遠。那大蟲恰好把兩隻前爪搭在武松面前。武松將半截棒丟在一邊，兩隻手就勢把大蟲頂花皮胦胅地揪住，一按按將下來。那隻大蟲急要掙扎，被武松盡氣力納定，那裏肯放半點兒鬆寬。武松把隻腳望大蟲面門上、眼睛裏、只顧亂踢。那大蟲咆哮起來，把身底下爬起兩堆黃泥做了一個土坑。武松把大蟲直按下黃泥坑裏去。那大蟲吃武松奈何得沒了些氣力。武松把左手緊緊地揪住頂花皮，偷出右手來，提起鐵鎚般大小拳頭，盡平生之力只顧打。打得五七十拳，那大蟲眼裏、口裏、鼻子裏、耳朵裏，都迸出鮮血來，更動彈不得，只剩口裏兀自氣喘。武松放了手，來松樹邊尋那打折的哨棒，拿在手裏；只怕大蟲不死，把棒橛又打了一回。眼見氣都沒了，方才丟了棒，尋思道：“我就地拖得這死大蟲下岡子去？”就血泊裏雙手來提時，那裏提得動。原來使盡了氣力，手足都蘇軟了。武松再來青石上坐了半歇，轉過亂樹林邊，一步步捱下岡子來。

景陽岡武松打虎

精選水滸傳

　　走不到半里多路，只見枯草中又鑽出兩隻大蟲來。武松道：“阿呀！我今番罷了！”只見那兩隻大蟲黑影直立起來。武松定睛看時，卻是兩個人，把虎皮縫做衣裳，緊緊繃在身上，見了武松，吃一驚，道：“你……你……你吃了忽律心、豹子膽、獅子腿，如何敢獨自一個，昏黑將夜，走過岡子來！你……你……你是人！是鬼？”武松道：“你兩個是甚麼人？”那個人道：“我們是本處獵戶。”武松道：“你們上嶺來做甚麼？”兩個獵戶失驚道：“如今景陽岡上有一隻極大的大蟲，夜夜出來傷人！過往客戶不計其數，都被這畜生吃了！本縣知縣着落當鄉里正和我們獵戶人等捕捉。我們為他，正不知吃了多少限棒，只捉牠不得！今夜又該我們兩個捕獵，正在這裏埋伏，卻見你大刺刺地從岡子上走將下來。你卻正是甚人？曾見大蟲麼？”武松道：“我是清河縣人氏，姓武。正撞見那大蟲，被我一頓拳腳打

死了。”兩個獵戶聽得，癡呆了，説道：“怕沒這話？”武松把那打大蟲的本事再説了一遍。兩個獵戶聽得，又喜又驚，叫攏那十個鄉夫來。只見這十個鄉夫都拿着鋼叉、踏弩、刀、槍，隨即攏來。武松問道：“他們眾人如何不隨你兩個上山？”獵戶道：“便是那畜生利害，他們如何敢上來！”兩個獵人叫武松把打大蟲的事説向眾人，眾人都不肯信。武松道：“你眾人不信時，我和你去看便了。”眾人身邊有火刀、火石，隨即發出火來，點起五七個火把。眾人都跟着武松一同再上岡子來，看看那大蟲死在那裏。眾人見了大喜，先叫一個去報知本縣里正並該管上戶。這裏鄉夫自把大蟲縛了，抬下岡子來。到得嶺下，早有七八十人都哄將來，先把死大蟲抬在面前，將一乘兜轎抬了武松，投本處一個上戶家來。

景陽岡武松打虎

　　天明，早有陽谷縣知縣相公使人來接武松。叫四個莊客將乘涼轎來抬了武松，把那大蟲扛在前面，迎到陽谷縣裏來。那陽谷縣人民聽得説一個壯士打死了景陽岡上大蟲，哄動了那個縣治。武松在轎上看時，只見亞肩疊背，都來看迎大蟲。到縣前衙門口，知縣已在廳上專等。武松下了轎，扛着大蟲，都到廳前，放在甬道上。知縣看了武松這般模樣。又見了這個老大錦毛大蟲，心中自忖道：“不是這個好漢，怎地打得這虎！”便喚武松上廳來。武松去廳前聲了喏。知縣問道：“你那打虎的壯士，你卻説怎地打了這個大蟲？”武松就廳前將打虎的本事説了一遍。廳上廳下眾多人等都驚得呆了。知縣有心要抬舉他，便道：“雖你原是清河縣人氏，與我這陽谷縣只在咫尺。我今日就參你在本縣做個都頭，如何？”武松跪稟道：“若蒙恩相抬舉，小人終身受賜。”知縣隨即喚押司立了文案，當日便參武松做了步兵都頭。眾上戶都來與武松作賀慶喜，自此，上官見愛，鄉里聞名。

　　再說宋江因殺了閻婆惜被刺配到江州牢城營。多虧柴大官人四處打點，宋江才免受諸般苦楚。宋江自在營中將息了五七日，思量要入城中去尋戴宗。次日早膳罷揣了些銀子，逕走入城，去州衙前左邊尋問戴院長家。宋江直尋訪到那裏，已自鎖了門出去了。宋江又尋問賣魚牙子張順時，亦有人說道：“他也只在城外江邊。只除非討賒錢入城來。”宋江聽罷，只得出城來，獨自一個，悶悶不已，信步再出城外來，看見那一派江景非常，正從一座酒樓前過，仰面看時，旁邊豎着一根望竿，懸掛着一個青布酒帘子，上寫道：“潯陽江正庫。”雕簷外一面牌額，上有蘇東坡大書“潯陽樓”三字。宋江看了，便道：“我在鄆城縣時，只聽得說江州好座潯陽樓，原來卻在這裏。不可錯過，何不上樓去，自己看玩一遭？”宋江來到樓前，看時，只見門邊朱紅華表柱上兩面白粉牌，各有五個大字，寫道：“世間無此酒”，“天下有名樓”。宋江便上樓來，去靠江一座閣子裏坐了。一杯兩盞，倚欄暢飲，不覺沉醉。思想道：“我生在山東，長在鄆城，學吏出身，結識了多少江湖好漢，雖留得一個虛名，目今三旬之上，名不成，利又不就，倒被文了雙頰，配來在這裏！我家鄉中老父和兄弟如何得相見！”不覺酒湧上來，潸然淚下，臨風觸目，感恨傷懷。忽然做了一首《西江月》詞，便喚酒保，索借筆硯來，起身觀玩，見白粉壁上多有先人題詠。宋江尋思道：“何不就書於此？倘若他日身榮，再來經過，重睹一番，以記歲月，想今日之苦。”乘着酒興，磨得墨濃，蘸得筆飽，去那白粉壁上便寫道：

> 自幼曾攻經史，長成亦有權謀。
> 恰如猛虎臥荒邱，潛伏爪牙忍受。
> 不幸刺文雙頰，那堪配在江州。
> 他年若得報冤讎，血染潯陽江口！

宋江寫罷，又飲了數杯酒，自狂蕩起來，手舞足蹈，又拿起筆來，去那西江月後再寫下四句詩，道是：

> 心在山東身在吳，飄蓬江海漫嗟吁。
> 他時若遂凌雲志，敢笑黃巢不丈夫！

寫罷詩，又去後面大書五字道：“鄆城宋江作。”擲筆在桌上，又再飲數杯酒，不覺沉醉，力不勝酒；便喚酒保計算了，取些銀子算還，多的都賞了酒保，拂袖下樓來，踉踉蹌蹌，取路回營裏來。開了房門，便倒在牀上，酒醒時全然不記得昨日在潯陽江樓上題詩一節。

　　且說這江州對岸有個在閒通判，姓黃，雙名文炳。這人雖讀經書，卻是阿諛諂佞之徒，心地褊窄，嫉賢妒能，勝如己者害之，不如己者弄之。專在鄉里害人。聞知這蔡九知府是當朝蔡太師兒子，每每來浸潤他，時常過江來謁訪知府，指望他引廌出職。也是宋江命運合當受苦，撞了這個對頭！當日這黃文炳無所事事，帶了兩個僕人，在潯陽樓上憑欄消遣，觀見壁上題詠甚多。看到宋江題詞並所吟四句詩，大驚道：“這個反詩！誰寫在此！”後面書道“鄆城宋江作”五個大字。黃文炳冷笑道：“這人自負不淺！我也曾聞這個名字，那人多管是個小吏。”便喚酒保就借筆硯，取幅紙來，抄了藏在身邊，分付酒保，休要刮去了。

　　次日，黃文炳着僕人挑了盒仗，一逕又到府前，多時，蔡九知府遣人出來，邀請在後堂。敘罷寒溫，送了禮物，分賓主坐下。黃文炳稟說道：“相公在上，不敢拜問。京師近日有何新聞？”知府道：“家尊寫來書上分付道：‘近日太史院司天監奏道：夜觀天象，罡星照臨吳楚，敢有作耗之人。隨事體察勦除。’更兼街市小兒謠言四句道：耗國因家木，刀兵點水工；縱橫三十六，播亂在山東。’因此，囑咐下官，緊守地方。”黃文炳尋思了半晌，笑道：“恩相，事非偶然也！”黃文炳袖中取出所抄之詩，呈與知府，道：“不想卻在此處！”蔡九知府看了，道：“這是個反詩！通判那裏得來？”黃文炳道：“小生夜來不敢進府，回至江邊，卻去潯陽樓上避熱閒玩，只見白粉壁上題下這篇。知府道：“卻是何等樣人寫下？”黃文炳回道：“道是‘鄆城宋江作’。”知府道：“這宋江卻是甚麼人？”黃文炳道：“眼見得只是個配軍，牢城營犯罪的囚徒。

相公！不可小覷了他！恰才相公所言尊府恩相家書說小兒謠言，正應在本人身上。”知府道：“何以見得？”黃文炳：“‘耗國因家木’，‘木’字，明明是個‘宋’字。第二句，‘刀兵點水工’，明明是個‘江’字。這個人姓宋，名江，又作下反詩，明是天數，萬民有福！‘播亂在山東’，今鄆城縣正是山東地方。這四句謠言已都應了。”知府又道：“不知此間有這個人麼？”黃文炳又回道：“這個不難，只取牢城營文冊一查，便見有無。”知府於庫內取過牢城營裏文冊簿來看。見後面果有五月間新配到囚徒一名，鄆城縣宋江。黃文炳看了，道：“正是應謠言的人，非同小可！可急差人捕獲。”知府隨即升堂，叫喚兩院押牢節級過來，道：“你與我帶了做公的，快下牢城營裏捉拿潯陽樓吟反詩的犯人鄆城縣宋江來，不可時刻違誤！”戴宗聽罷，吃了一驚，心裏只叫得苦。

戴宗分付了眾人，卻自行先來到牢城營裏，逕入抄事房，推開門，宋江正在房裏。戴宗道：“卻才知府喚我當廳發落，叫多帶從人拿捉潯陽樓上題反詩的犯人鄆城宋江正身赴官。”宋江聽罷，只叫得苦！戴宗道：“如今小弟不敢耽擱，回去便和人來捉你。你可披亂頭髮，把尿屎潑在地上，就倒在裏面，詐作瘋魔。我便好自去替你回覆知府。”宋江道：“感謝賢弟指教，萬望維持則個！”戴宗慌忙別了宋江，回到城裏，喚了眾做公的，一直奔入牢城營裏來，見宋江白着眼，口裏亂道：“我是玉皇大帝的女婿！丈人教我領十萬天兵來殺你江州人。”眾做公的道：“原來是個失心瘋的漢子！

我們拿他去何用？”眾人跟了戴宗，回到州衙裏。蔡九知府在廳上專等回話。戴宗和眾做公的在廳下回覆道：“原來這宋江是個失心瘋的人，屎屎穢污全不顧，口裏胡言亂語，渾身臭糞不可當；因此不敢拿來。”黃文炳對知府道：“且喚本營差撥並牌頭來，問這人來時有瘋，近日卻才瘋？若是來時瘋，便是真證候，若是近日才瘋，必是詐瘋。”知府便差人喚到管營差撥。問他兩個時，那裏敢隱瞞，只得直説道：“這人來時不見有瘋病，敢只是近日舉發此證。”知府聽了大怒，喚過牢子獄卒，把宋江捆翻，一連打上五十下，打得宋江皮開肉綻，鮮血淋漓。戴宗看了，只叫得苦。宋江次後吃拷打不過，只得招道：“自不合一時酒後誤寫反詩，別無主意。”蔡九知府取了招狀，將一面二十五斤死囚枷枷了，推放大牢裏收禁。

　　再説蔡九知府退廳，邀請黃文炳到後堂，黃文炳又道：“相公在上，此事也不宜遲，只好急急修一封書，便差人星夜上京師，報與尊府恩相知道，顯得相公幹了這件國家大事。就一發稟道：若要活的，便着一輛陷車解上京，如不要活的，為防路途走失，就於本處斬首號令，以除大害。”黃文炳攛掇蔡九知府寫了家書，印上圖書。黃文炳問道：“相公，差那個心腹人去？”知府道：“本州自有個兩院節級，喚做戴宗，會使‘神行法’，一日能行八百里路。”次日早辰，喚過戴宗到後堂，囑付道：“我有這般禮物，一封家書，要送上東京太師府裏去，慶賀我父親六月十五日生辰。只有你能幹去得。你休辭辛苦，可與我星夜去走一遭，

我自重重的賞你。"戴宗聽了，不敢不依，只得領了家
書信籠，拜辭了知府。

　　卻說戴宗往京師途中，被朱貴用計賺下，吳用使人
仿寫了蔡京回書，仍叫戴宗返回。戴宗扣着日期，回到
江州，當廳下了回書，蔡九知府見了戴宗如期回來，先
取酒來賞了三鍾，親自接了回書，叫取一錠二十五兩
花銀賞了戴宗。見門子來報道："無為軍黃通判特來相
探。"蔡九知府叫請至後堂相見，便令從人取過家書遞
與黃文炳看。黃文炳捲過來看了封皮，搖頭道："這封
書不是真的。"蔡九知府隨即陞廳，叫喚戴宗，戴宗正
在酒肆中吃酒，當時把戴宗喚到廳上。知府大怒，喝一
聲"拿下廳去！"獄卒牢子情知不好，把戴宗綑翻，打
得皮開肉綻，鮮血迸流。戴宗捱不過拷打，只得招道：
"端的這封書是假的！"知府道："你這廝怎地得這封
假書來？"戴宗告道："小人路經梁山泊過，走出那一
夥強人來，把小人劫了，綁縛上山，要割腹剖心。去
小人身上搜出書信看了，把信籠都奪了，卻饒了小人。
情知回鄉不得，只要山中乞死。他那裏卻寫這封書，
與小人回來脫身。"知府道："是便是了，眼見得你和
梁山泊賊人通同造意，卻如何說這話！再打那廝！"戴
宗由他拷訊，只不肯招和梁山泊通情。

　　蔡九知府再說道："不必問了！取具大枷枷了，下
在牢裏！"黃文炳又道："眼見得這人也結梁山泊，通
同造意，謀叛為黨，若不早除，必為後患。"知府道：
"便把這兩個問成了招狀，立了文案，押去市曹斬首，
然後寫表申奏。"。便喚當案孔目來分付道："快教疊

精選水滸傳

景陽岡武松打虎

了文案，把這宋江、戴宗的供狀招款黏連了，一面寫了犯由牌，教來日押赴市曹斬首施行！自古‘謀逆之人，決不待時’。斬了宋江、戴宗，免致後患。”當案卻是黃孔目，本人與戴宗頗好，卻無緣便救他，只替他叫得苦，當日稟道：“明日是個國家忌日，後日又是七月十五日，中元之節，皆不可行刑，直至五日後，方可施行。”原來黃孔目也別無良策，只圖與戴宗少延殘喘。直待第六日早晨，先差人去十字路口打掃了法場。飯後點起士兵和刀仗劊子，約有五百餘人，都在大牢門前伺候，已牌時候，獄官稟了知府，親自來做監斬官。黃孔目只得把犯由牌呈堂，當廳判了兩個“斬”字，六七十個獄卒早把宋江在前、戴宗在後，推擁出牢門前來。

江州府看的人何止一二千人。押到市曹十字路口，團團槍棒圍住，把宋江面南背北，將戴宗面北背南，兩個坐下，只等午時三刻監斬官到來開刀。

只見法場東西南北四側，各有一夥丐者、雜耍、挑夫、客商等強挨入法場來，眾士兵趕打不退。沒多時，法場中間，人分開處，一個報道一聲“午時三刻”。監斬官便道：“斬訖報來！”兩勢下刀棒劊子便去開枷，行刑之人執定法刀在手。說時遲，那時快，鬧攘攘一起發作，只見那夥客人在車子上聽得“斬”字，便向懷中取出一面小鑼兒，噹噹地敲得兩三聲，四下裏一齊動手，卻見十字路口茶坊樓上一個虎形黑大漢，脫得赤條條的，兩隻手握兩把板斧，大吼一聲，卻似半天起個霹靂，手起斧落，早砍翻了兩個行刑的劊子，便望監斬官馬前砍將來。眾士兵急待把槍去搠時，那裏攔得住。

只見東邊那夥弄蛇的丐者，身邊都掣出尖刀，看着士兵便殺；西邊那夥使棒的大發喊聲，只顧亂殺將來，一派殺倒士兵獄卒；南邊那夥挑擔的腳夫輪起匾擔，橫七豎八，都打翻了士兵和那看的人；北邊這夥客人都跳下車來，推過車子，攔住了人。兩個客商鑽將入來，一個背了宋江，一個背了戴宗。其餘的人，也有取出弓箭來射的，也有取出石子來打的，原來扮客商的這夥便是晁蓋、花榮他們，這一行梁山泊共是十七個頭領到來，帶領小嘍囉一百餘人，四下裏殺將起來。只見那人叢裏那個黑大漢，輪兩把板斧，一味地砍將來。晁蓋等卻不認得，只見他第一個出力，殺人最多。晁蓋猛省起來，"戴宗曾說一個黑旋風李逵和宋三郎最好，是個莽撞之人。"晁蓋便叫道："前面那好漢莫不是黑旋風？"那漢那裏肯應，火雜雜地輪着大斧只顧砍人。晁蓋便叫背宋江、戴宗的兩個小嘍囉，只顧跟着那黑大漢走。眾頭領撇了車輛擔仗，一行人跟了黑大漢，直殺出來。那江州軍民百姓誰敢近前。

約莫走了五七里路，小嘍囉把宋江、戴宗背到廟裏歇下，宋江方才敢開眼，見了晁蓋等眾人，哭道："哥哥！莫不是夢中相會？"晁蓋便勸道："恩兄不肯在山，致有今日之苦。"張順見了宋江，喜從天降，拜道："自從哥哥吃官司，兄弟坐立不安，又無路可救！近日又聽得拿了戴院長，我只得去尋了我哥哥，引到穆太公莊上，叫了許多相識，今日我們正要殺入江州，

精選水滸傳

景陽岡武松打虎

要劫牢救哥哥，不想仁兄已有好漢們救出，來到這裏。不敢拜問這夥豪傑，莫非是梁山泊義士晁天王麼？"宋江指着上首立的道："這個便是晁蓋哥哥。你等眾位都來廟裏敍禮則個。"張順等九人，晁蓋等十七人，宋江、戴宗、李逵，共是二十九人，連小嘍囉通共有一百四五十人，都在白龍廟裏聚義。這個喚做"白龍廟小聚會"。

八 宋江攻打祝家莊

話說江州城外梁山泊好漢劫了法場，救得宋江、戴宗，三隻大船載了許多人馬頭領，投穆太公莊上來。太公道："眾頭領連夜勞神，且請客房中安歇，將息貴體。"各人且去房裏暫歇將養，整理衣服器械。當日穆弘叫莊客宰了一頭黃牛，殺了十數個豬羊，雞鵝魚鴨，排下筵席，管待眾頭領。

宋江深恨黃文炳多番唆毒陷害，遂又引得眾好漢下城來，逕到黃文炳家門前，將他一門內外四五十口盡皆殺了，不留一人。又綁了黃文炳回穆太公府上，李逵用尖刀割了胸膛，方消此恨。

眾多好漢看割了黃文炳，都來草堂上與宋江賀喜。只見宋江先跪在地上。眾頭領慌忙都跪下，齊道："哥哥有甚麼，但說不妨。兄弟們敢不聽？"宋江便道："小可不才，自小學吏，初世為人，便要結織天下好漢。奈緣力薄才疏，不能接待，以遂平生之願。自從刺配江州，多感晁頭領並眾豪傑苦苦相留，宋江因守父親嚴訓，不曾肯往。正是天賜機會：於路直至潯陽江上，又遭際許多豪傑。不想小可不才，一時間酒後狂言，險累了戴院長性命。感謝眾位豪傑不避兇險，來虎穴龍潭，力救殘生，又蒙協助報了冤仇。如此犯下大罪，今日不由宋江不上梁山泊投託哥哥去。未知眾位意下若何？"眾人議論道："今若不隨哥哥去，同死同生，

精選水滸傳

宋江攻打祝家莊

卻投那裏去？"宋江大喜，謝了眾人。當日先叫朱貴和宋萬先回山寨裏去報知，次後分作五起進程。

話說楊雄、石秀、時遷三人結伴去投奔梁山泊，路經祝家莊酒店，時遷將店內報曉公雞偷來吃了，被店主人捉往祝家莊，準備當做梁山賊寇解了去。楊雄、石秀打不過就欲往梁山求救。

楊雄、石秀取路投梁山泊來，早望見遠遠一處新造的酒店，那酒旗兒直挑出來。兩個到店裏買些酒吃，就問路程。這酒店是梁山泊新添設做眼的酒店，正是石勇掌管。石勇見他兩個非常，便來答應道："這兩位客人從那裏來？要問上山去怎地？"楊雄道："我們從薊州來。"石勇猛可想起道："莫非足下是石秀麼？"楊雄道："我乃是楊雄。這兄弟是石秀。"石勇慌忙道："前者，戴宗哥哥到薊州回來，多曾稱説兄長，聞名久矣。今得上山，且喜，且喜。"三個禮罷，楊雄、石秀把上件事都對石勇説了，石勇推開後面水亭上窗子拽起弓，放了一枝響箭。共見對港蘆葦叢中早有小嘍囉搖過船來。石勇便邀二位上船，直送到鴨嘴灘上岸。

石勇已自先使人上山去報知，早見戴宗、楊林下山來迎接。俱各禮罷，一同上至大寨裏。眾頭領知道有好漢上山，都來聚會大寨坐下。戴宗、楊林引楊雄、石秀上廳參見晁蓋、宋江並眾頭領，相見已罷，楊雄、石秀把時遷被捉，祝家莊誓要捉拿梁山好漢之事説了。宋江對晁蓋説："即日山寨人馬多，錢糧缺少，非是我等要去尋他，那廝倒來吹毛求疵，因此正好乘勢去拿那廝。若打得此莊，倒有三五年糧食。非是我們生事害他，其實那廝無禮！小可不才，親領一支軍馬，啟請幾位賢弟們下山去打祝家莊。若不洗蕩得那個村坊，誓不還山，一是與山寨報仇不輒了銳氣，二乃免此小輩，被他恥辱；三則得許多糧食，以供山寨之用，四者，就請李應上山入夥。"吳學究道："公明哥哥之言最好。"

次日宋江教喚鐵面孔目裴宣計較下山人數，啟請諸位頭領同宋江去打祝家莊，定要洗蕩了那個村坊。商量已定，除晁蓋頭領鎮守山寨不動外，留下吳學究、劉唐並阮家三弟兄、呂方、郭盛護持大寨。又撥新到頭領孟康管造船隻，頂替馬麟監督戰船。寫下告示，將下山打祝家莊頭領分作兩起，頭一撥宋江、花榮、李俊、穆弘、李逵、楊雄、石秀、黃信、歐鵬、楊林帶領三千小嘍囉、三百馬軍，下山前進。第二撥便是林沖、秦明、戴宗、張橫、張順、馬麟、鄧飛、王矮虎、白勝也帶三千小嘍囉、三百馬軍，隨後接應。晁蓋送路已了，自回山寨。

且說宋江並眾頭領迤奔祝家莊來，早來到獨龍岡前。尚有一里多路，前軍下了寨柵。宋江在中軍帳裏坐下，便和花榮商議道："我聽得說，祝家莊裏路徑甚雜，未可進兵。且先使兩個人去探聽路途曲折。"宋江便喚石秀來，說道："兄弟曾到彼處，可和楊林走一遭。"石秀便道："如今哥哥許多人馬到這裏，他莊上如何不提備，我們扮作甚麼樣人入去好？"楊林便道："我自打扮了解魔的法師去，身邊藏了短刀，手裏擎着法環，於路搖將入去。你只聽我法環響，不要離了我前後。"

石秀道：“我在薊州，原曾賣柴，我只是挑一擔柴進去賣便了。身邊藏了暗器，有些緩急，區擔也用得着。”楊林道：“好，好，今夜打點，五更起來便行。”

　　到得明日，石秀挑着柴先入去。行不到二十來里，只見路徑曲折多雜，四下裏彎環相似，難認路頭。石秀便歇下柴擔不走。聽得背後法環響得漸近，石秀看時，是楊林頭戴一個破笠子，身穿一領舊法衣，手裏擎着法環，於路搖將進來。石秀見沒人，叫住楊林，說道：“此處路徑彎雜，不知那裏是我前日跟隨李應來時的路。天色已晚，正看不仔細。”楊林道：“不要管他路徑曲直，只顧揀大路走便了。”石秀又挑了柴，只顧望大路便走，見前面一村人家，數處酒店肉店。石秀挑着柴，便望酒店門前歇了。看着一個年老的人，唱個喏，拜揖道：“丈人，請問此間是何風俗？為甚都把刀槍插在當門？”那老人道：“你是那裏來的客人？原來不知，只可快走。”石秀道：“小人是山東販棗子的客人，消折了本錢，回鄉不得，因此擔柴來這裏賣。不知此間鄉俗地理。”老人道：“只可快走，別處躲避。這裏早晚要大廝殺也！”石秀道：“此間這等好村坊去處，怎地了大廝殺？”老人道：“客人，你敢真個不知？俺這裏喚做祝家村。岡上便是祝朝奉衙裏。如今惡了梁山泊好漢，見今引領軍馬在村口，要來廝殺，怕我這村路雜，未敢入來，如今祝家莊上行號令下來，每戶人家要我們精壯後生準備着。但有令傳來，便要去策應。”石秀道：“丈人村中總有多少人家？”老人道：“只我這祝家村，也有一二萬人家。東西還有兩村人接應，東村喚做撲天鵰李應李大官人，西村喚扈太公莊，我這裏的路，有舊人說道：‘好個祝家莊，盡是盤陀路！容易入得來，只是出不去！’”石秀聽罷，便哭起來，撲翻身便拜；向那老人道：“小人是個江湖上折了本錢歸鄉不得的人！或賣了柴出去撞見廝殺，走不脫，不是苦？爺爺，小人情願把這擔柴相送爺爺，只指小人出去的路罷！”那老人道：“我如何白要你的柴，我就買你的。你且入來，請你吃些酒飯。”石秀便謝了，挑着柴，跟那老人入到屋裏。那老人篩下兩碗白酒，盛一碗糕糜，叫石秀吃了。石秀再拜謝道：“爺爺！指教出去的路徑！”那老人道：“你便從村裏走去，只看有白楊樹便可轉彎。不問路闊狹，但有白楊樹的轉彎便是活路；沒那樹時都是死路。如有別的樹木轉彎也不是活路。更兼死路裏地下埋藏着竹簽鐵蒺藜，若是走差了，踏着飛簽，準定吃捉了，待走那離去！”石秀拜謝了，便問；“爺爺高姓？”那老人道：“這村裏姓祝的最多；惟有我複姓鍾離，土居在此。”

宋江攻打祝家莊

　　正說之間，只聽得外面鬧吵。石秀聽得道：“拿了一個細作！”石秀吃了一驚，跟那老人出來看時，只見七八十個軍人背綁着一個人過來。石秀看時，正是楊林。石秀在壁縫裏張望時，看得前面擺着二十對纓槍，後面四五個人騎着馬，都彎弓插箭。又有三五對青白哨馬，中間擁着一個年少壯士，坐在一匹雪白馬上，全副披掛，跨了弓箭，手執一條銀槍。石秀自認得他，特地問老人道：“過去相公是誰？”那老人道：“這個人正是祝朝奉第三子，喚做祝彪，定着西村扈家莊一丈青為妻。弟兄三個只有他第一了得！”石秀拜謝道：“老爺爺！指點尋路出去！”那老人道：“今日晚了，前面倘或厮殺，枉送了你送命。”石秀道：“爺爺可救一命則個！”那老人道：“你且在我家歇一夜。明日打聽沒事，便可出去。”石秀拜謝了，坐在他家。只聽得門前四五替報馬報將來，排門分付道：“你那百姓；今夜只看紅燈為號，齊心併力捉拿梁山泊賊人解官請賞。”叫過去了。石秀問道：“這個人是誰？”那老人道：“這個官人是本處捕盜巡檢。今夜約會要捉宋江。”石秀見說，心中自忖了一回，討個火把，叫了安置，自去屋後草窩裏睡了。

　　且説宋江軍馬在村口屯駐，不見楊林、石秀出來回報，隨後又使歐鵬去到村口，出來回報道：“聽得那裏講動，説道捉了一個細作。小弟見路徑又雜，難認，不敢深入重地。”宋江聽罷，忿怒道：“如何等得回報了進兵！又吃拿了一個細作，必然陷了兩個兄弟！我們今夜只顧進兵，殺將入去，也要救他兩個兄弟，未知你眾頭領意下如何？”只見李逵便道：“我先殺入去，看是如何！”宋江聽得，隨即便傳將令，教軍士都披掛了。楊雄前一隊做先鋒。李逵等引軍做後。穆弘居左，黃信居右。宋江、花榮、歐鵬等，中軍頭領搖旗吶喊，擂鼓鳴鑼，殺奔祝家莊來。

　　比及殺到獨龍岡上，是黃昏時候，宋江催趲前軍打莊，李逵脱得赤條條的，揮兩把夾鋼板斧，火剌剌地殺向前來。到得莊前看時，已把吊橋高高地拽起了，莊門裏不見一點火。李逵便要下水過去，楊雄扯住道：

"使不得。關閉莊門，必有計策。待哥哥來，別有商議。"李逵那裏忍耐得住，拍着雙斧，隔岸大罵道："那鳥祝太公老賊！你出來！黑旋風爺爺在這裏！"莊上只是不應。宋江中軍人馬到來，楊雄接着，報說莊上並不見人馬，亦無動靜。宋江勒馬看時，莊上不見刀槍人馬，心中疑忌，猛省道："我的不是了，天書上明明戒說，'臨敵休急暴。'是我一時見不到，只要救兩個兄弟，以此連夜進兵，不期深入重地，直到了他莊前，不見敵軍。他必有計策，快教三軍且退。"

宋江攻打祝家莊

說猶未了，共聽得祝家莊裏，一個號炮直飛起半天裏去。那獨龍岡上，千百把火把一齊點着，那門樓上弩箭如雨點般射將來。宋江急取舊路回車。只見後軍頭領李俊人馬先發起喊來，說道："來的舊路都阻塞了！必有埋伏！"宋江教軍馬四下裏尋路走。只見獨龍岡山頂上又放一個炮來。響聲未絕，四下裏喊聲震地，驚得宋公明目瞪口呆，罔知所措。畢竟宋公明並眾頭領怎地脫身，且聽下回分解。

精選水滸傳

宋江攻打祝家莊

九　宋江三打祝家莊

　　話說當下宋江在馬上看時，四下裏都有埋伏軍馬，只聽得三軍屯塞住了。眾人都叫起苦來。宋江問道："怎麼叫苦？"眾軍都道："前面都是盤陀頭，走了一遭，又轉到這裏。"宋江道："教軍馬望火把亮處有房屋人家取路出去。"又走不多時，只見前軍又發起喊來，叫道："甫能望火把亮處取路，又有苦竹簽、鐵蒺藜，遍地撒滿鹿角，都塞了路口！"宋江道："莫非天喪我也！"

　　正在慌急之際，只聽得左軍中間，報來說道："石秀來了！"宋江見石秀撚着口刀，奔到馬前，道："哥哥休慌，兄弟已知路了！暗傳下將令，教三軍只看有白楊樹便轉彎走去，不要管他路闊路狹！"宋江催趲人馬只看有白楊樹便轉。約走過五六里路，只見前面人馬越添得多了。宋江疑忌，問石秀道："兄弟，怎麼前面賊兵眾廣？"石秀道："他有燭燈為號。"花榮在馬上看見，把手指與宋江，道："哥哥，你看見那樹影裏這碗燭燈麼？只看我等投東，他便把那燭燈望東扯；若是我們投西，他便把燭燈望西扯，想來便是號令。"宋江道："怎地奈何得他那碗燈？"花榮道："有何難哉！"便拈弓搭箭，縱馬向前，望着影中只一箭，不端不正，恰好把那碗紅燈射將下來。四下裏埋伏軍兵，不見了那碗紅燈，便都自亂攛起來。宋江叫石秀引路，且殺出村口去。石秀領路去探。不多時，回來報道：“是山寨中第二撥馬軍到了，接應殺散伏兵！”宋江聽罷，進兵夾攻，奪路奔出村口。祝家莊人馬四散去了。

會合着林沖、秦明等眾人軍馬同在村口駐紮，等天明，去高阜處下了寨柵，整點人馬，數內不見了鎮三山黃信。宋江大驚，詢問緣故。有軍人見的來說道：“黃頭領聽着哥哥將令，前去探路，不提防蘆葦叢中舒出兩把撓鈎，拖翻馬腳，被五七個人活捉去了，救護不得。”宋江聽罷，大怒，如何不早報來。林沖、花榮勸住宋江。眾人納悶道：“莊又不曾打得，倒折了兩個兄弟。似此怎生奈何！”楊雄道：“此間有三個村坊結併。東村李大官人前日已被祝彪那廝射了一箭，見今在莊上養病。哥哥何不去與他計議？”宋江道：“我正忘了也。他便知該處地理虛實。”分付教取一對緞疋羊酒，選一騎好馬並鞍轡，親自上門去求見。林沖、秦明權守柵寨。

宋江帶同花榮，楊雄，石秀上了馬，取路投李家莊來，到得莊前，早見門樓緊閉。宋江再三求見，李應亦託病不見，只囑杜興言道：“非是如此，委實患病。小人雖是中山人氏，到此多年了，頗知此間虛實事情。中間是祝家莊，東是俺李家莊，西是扈家莊；這三村莊上誓願結生死之交，有事互相救應。今番惡了俺東人，自不去救應。只恐西村扈家莊上要來相助；他莊上別的不打緊；只有一個女將，喚做一丈青扈三娘，使兩口日月刀，好生了得。若是將軍要打祝家莊時，不須提備東邊，只要緊防西路。祝家莊上前後有兩座莊門；

精選水滸傳

宋江三打祝家莊

一座在獨龍岡前，一座在獨龍岡後。若打前門，不濟事；須是兩個夾攻，方可破得。前門路雜難認，一遭都是盤陀路徑，狹闊不等。但有白楊樹便可轉彎，方是活路；如無此樹便是死路。"石秀道："他如今都把白楊樹砍伐去了，將何為記？"杜興道："雖然砍伐了樹，如何起得根盡？也須有樹根在彼。只宜白日進兵攻打，黑夜不可進去。"宋江聽罷，謝了杜興，一行人馬回寨裏來。

宋江道："兄弟，李應是富貴良民，懼怕官府，如何造次肯與我們相見？兩個兄弟陷了，不知性命存亡，你眾兄弟可竭力向前，跟我再去打祝家莊。"眾人都起身說道："哥哥將令，誰敢不聽。不知教誰前去？"宋江便點馬麟、鄧飛、歐鵬、王矮虎四個，"跟我親自做先鋒去。"第二點戴宗、秦明、楊雄、石秀、李俊、張順、張橫、白勝準備下水路用人；第三點林冲、花榮、穆弘、李逵分作兩路策應。眾軍標撥已定，都飽食了，披掛上馬。

宋江親自做先鋒，引着四個頭領，一百五十騎馬軍，一千步軍，殺奔祝家莊來，直到獨龍岡前。宋江勒馬，看那祝家莊上，颺起兩面白旗，旗上明明繡着十四個字，道："填平水泊擒晁蓋，踏破梁山捉宋江！"

宋江在馬上心中大怒，設誓道："我若打不得祝家莊，永不回梁山泊！"宋江自引了前部人馬轉過獨龍岡後面來看祝家莊，後面都是銅牆鐵壁，把得嚴整。

正看之時，只見直西一彪軍隊，吶着喊，從後殺來。宋江留下馬麟、鄧飛把住祝家莊後門；自帶了歐鵬、王矮虎，分一半人馬前來迎接。山坡下來軍約有二三十騎馬軍，當中簇擁着一員女將，正是扈家莊女將一丈青扈三娘，一騎青馬上，輪兩口日月雙刀，引着三五百莊客，前來祝家莊策應。宋江道：「剛說扈家莊有個女將，好生了得，想來正是此人。誰敢與他迎敵？」說猶未了，只見這王矮虎是個好色之徒，聽得說是個女將，指望一合便捉得過來，當時喊了一聲，驟馬向前，挺手中槍便出迎敵。兩軍吶喊。那扈三娘拍馬舞刀來戰王矮虎。一個雙刀的熟嫻，一個單槍的出眾。兩個鬥敵十數合之上，宋江在馬上看時，見王矮虎槍法架隔不住。原來王矮虎初見一丈青，恨不得便捉過來，誰想鬥過十合之上，看看的手顫腳麻，槍法便都亂了。王矮虎卻要做光起來！那一丈青是個乖覺的人，心中道：「這廝無理！」便將兩把雙刀直上直下砍將入來。這王矮虎如何敵得過，撥回馬待要走，被一丈青縱馬趕上，輕舒粉臂，將王矮虎提脫雕鞍，眾莊客齊上，橫拖倒拽，活捉去了。

111

　　莊前李俊、張橫、張順下水過來，被莊上亂箭射來，不能下手。戴宗、白勝只在對岸吶喊。宋江見天色已晚了，急叫馬麟先保護歐鵬出村去。宋江又叫小嘍囉篩鑼，聚攏眾好漢，且戰且走。宋江自拍馬處尋了看，只恐兄弟們迷了路。止行之間，只見一丈青飛馬趕來。宋江措手不及，便拍馬望東而走。背後一丈青緊追着，趕投深村處來。一丈青正趕上宋江，待要下手，只聽得山坡上有人大叫道：「那鳥婆娘趕我哥哥那裏去！」宋江看時，是黑旋風李逵輪兩把板斧，引着七八十個小嘍

囉，大踏步趕將來。一丈青便勒轉馬，望這樹林裏去。宋江也勒住馬看時，只見樹林邊轉出十數騎馬軍來，當先簇擁着一個壯士，正是豹子頭林冲，在馬上大喝道："兀那婆娘走那裏去！"一丈青飛刀縱馬，直奔林冲。林冲挺丈八蛇矛迎敵。兩個鬥不到十合，林冲賣個破綻，放一丈青兩口刀砍入來，林冲把蛇矛逼個住，兩口刀逼斜了，趕攏去，輕舒猿臂，款扭狼腰，把一丈青只一拽，活挾過馬來。林冲叫軍士綁了，驟馬向前道："不曾傷犯哥哥麼？"宋江道："不曾傷着。"便叫李逵快去村中接應眾好漢，"且教來村口商議，天色已晚，不可戀戰。"黑旋風領本部人馬去了。林冲保護宋江，押着一丈青在馬上，取路出村口來。當晚眾頭領不得便宜，急急都趕出村口來。祝家莊人馬也收回莊上去了。祝龍教把捉到的人都將來陷車囚了，一發拿住宋江，解上東京去請功。扈家莊已把王矮虎解送到祝家莊去了。

　　且說宋江收回大隊人馬，到村口下了寨柵，先教將一丈青過來，喚二十個老成的小嘍囉，着四個頭目，騎四匹快馬，把一丈青拴了雙手，也騎了一匹馬，"連夜與我送上梁山泊去，交與我父親宋太公收管，便來回話，待我回山寨，自有發落。"宋江其夜在帳中納悶，一夜不睡。

　　次日，只見探事人報來說；"軍師吳學究引將三阮頭領並呂方、郭盛帶五百人馬到來！"宋江聽了，出寨迎接了軍師吳用，到中軍帳中坐下。吳學究帶將酒食來與宋江把盞賀喜，一面犒賞三軍眾將。吳用道："山寨裏晁頭領多聽得哥哥先次進兵不利，特地使將吳用並五個頭領來助戰，不知近日勝敗如何？"宋江道：
"一言難盡！叵耐祝家那廝，他莊門上立兩面白旗，寫
道："填平水泊擒晁蓋，踏破梁山捉宋江！"因為失
其地利，折了楊林、黃信；夜來進兵，又被一丈青捉
了王矮虎，欒廷玉鎚打傷了歐鵬，絆馬索拖翻捉了秦
明、鄧飛，如此失利，若不得林教頭活捉得一丈青時，
折盡銳氣！今來似此如之奈何！若是宋江打不破祝家
莊，救不得這幾個兄弟來，情願自死於此地；也無面
目回去見得晁蓋哥哥！"

　　吳學究笑道："這個祝家莊也是合當天敗；恰好有
這個機會，吳用想來，事在旦夕可破。"宋江聽罷，十
分驚喜，連忙問道："這祝家莊如何旦夕可破？機會自
何而來？"吳學究對宋公明道："今日有個機會，是石
勇面上來投入夥的人，又與欒廷玉那廝最好，亦是楊
林、鄧飛的至愛相識。這夥八位是解珍、解寶兄弟，母
大蟲顧大嫂，孫新、孫立兄弟，孫立內弟樂和，鄒淵、
鄒潤叔姪。他知道哥哥打祝家莊不利，特獻這條計策來
入夥，以為進身之禮，隨後便至。五日之內可行此計，
可是好麼？"宋江聽了，大喜道："妙哉！"方才笑逐
顏開。

　　且說孫立故把旗號改換作"登州兵馬提轄孫立"，
領了一行人馬，都來到祝家莊後門前。莊上牆裏，望
見是登州旗號，報入莊裏去。欒廷玉聽得是登州孫提
轄到來相望，說與祝氏三傑道："這孫提轄是我弟兄，
自幼與他同師學藝。今日不知如何到此？"帶了二十餘
人馬，開了莊門，放下吊橋，出來迎接。孫立一行人

都下了馬。眾人講禮已罷，欒廷玉問道："賢弟在登州守把，如何到此？"孫立答道："總兵府行下文書，對調我來此間鄆州守把城池，提防梁山泊強寇，便道經過，聞知仁兄在此祝家莊，入來拜望仁兄。"欒廷玉道："便是這幾日與梁山泊強寇廝殺，已拿得他幾個頭領在莊裏了。只要捉了宋江賊首，一併解官。天幸今得賢弟來此間鎮守。"

廷玉當下引一行人進莊裏來，再拽起了吊橋，關上了莊門。孫立一行人安頓車仗人馬，更換衣裳，都在前廳來相見祝朝奉，與祝龍、祝虎、祝彪三傑都相見了。禮罷，便對祝朝奉說道："我這個賢弟孫立，綽號病尉遲，任登州兵馬提轄。今奉總兵府對調他來鎮守此間鄆州。"祝朝奉並三子雖是聰明，卻見他又有老小並許多行李車仗人馬，又是欒廷玉教師的兄弟，那裏有疑心？只顧殺牛宰馬做筵席管待眾人。

到第四日午牌，忽有莊兵報道："宋江軍馬又來莊前了！"堂下祝龍、祝虎、祝彪三子都披掛了，出到莊前門外。遠遠地聽得鳴鑼擂鼓，吶喊搖旗，這裏祝朝奉坐在莊門上，左旁欒廷玉，右邊孫提轄，祝家三傑並孫立帶來的許多人馬，都擺在門邊。早見宋江陣上豹子頭林冲高聲叫罵。祝龍焦躁，喝叫放下吊橋，綽槍上馬，引一二百人馬，大喊一聲，直奔林冲陣上。莊門下擂起鼓來，兩邊各把弓弩射住陣腳。林冲挺起丈八蛇矛，和祝龍交戰。連鬥到三十餘合，不分勝敗。兩邊鳴鑼，各回了馬。祝家莊上一聲鑼響，孫立出馬在陣前。宋江陣上，林冲、穆弘、楊雄都勒住馬立於陣前。孫立早跑馬出來，説道：「看小可捉這廝們！」孫立把馬兜住，喝問道：「你那賊兵陣上有好廝殺的出來與我決戰！」宋江陣內鸞鈴響處，一騎馬跑將出來。眾人看時，乃是拚命三郎石秀來戰孫立。兩馬相交，雙槍並舉。兩個鬥到五十合，孫立賣個破綻，讓石秀一槍搠入來，虛閃一個過，把石秀輕輕的從馬上捉過來，直挾到莊門撇下，喝道：「把來縛了！」祝家三子把宋江軍馬一攬，都趕散了。三子收軍回到門樓下，見了孫立眾皆拱手欽伏。邀請孫立到後堂筵宴。

　　看官聽説：石秀的武藝不低似孫立，要賺祝家莊人，故意教孫立捉了，使他莊上人一發信他。孫立又暗暗地使鄒淵、鄒閏、樂和去後房裏把門戶都看了出入的路數。楊林、鄧飛見了鄒淵、鄒閏，心中暗喜。樂和張看得沒人，便透個消息與眾知了。顧大嫂與樂大娘子在裏面，又看了房戶出入的門徑。

　　至第五日，孫立等眾人都在莊上閒行。當日辰牌時候，早飯以後，只見莊兵報道：「今日宋江分兵做四路，來打本莊！」孫立道：「分十路待怎地！你手下人且不要慌，早作準備便了。先安排些撓鈎套索，須要活捉，拿死的也不算！」一莊人都披掛了。各人上馬，盡帶了三百餘騎，奔出莊門。其餘的都守莊院門樓前吶喊。此時鄒淵、鄒閏已藏了大斧，只守在監門左側，解珍、解寶藏了暗器，不離後門；孫新、樂和已守定前門左右，顧大嫂先撥軍兵保護樂大娘子，自拿了兩把雙刀在堂前趱：只聽風聲便下手。

　　且説祝家莊上擂了三通戰鼓，放了一個炮，把前

後門都開，放了吊橋，一齊殺將出來。四路軍兵出了
門，四下裏分投去廝殺。臨後，孫立帶了十數個軍兵
在吊橋上，門裏孫新便把原帶來的旗號插起在門樓上，
樂和便提着槍直唱將入來，鄒淵、鄒閏聽得樂和唱，便
忽哨了幾聲，輪動大斧，早把守監門的莊兵砍翻了數十
個，便開了陷車，放出七隻大蟲來，各各架上拔了槍，
一聲喊起，顧大嫂挈出兩把刀，直奔入房裏，把應有
婦人，盡都殺了。祝朝奉見勢頭不好了，正待要投井
時，早被石秀一刀剁翻，割了首級。那十數個好漢分
投來殺莊兵。後門頭解珍、解寶便去馬草堆裏放起把
火，黑燄沖天而起。四路人馬見莊上火起，併刀向前。
祝虎見莊裏火起，先奔回來。孫立守在吊橋上，大喝
一聲：“你那廝那裏去！”攔住吊橋。祝虎省得，便撥
轉馬頭，再奔宋江陣上來。這裏呂方、郭盛兩戟齊舉，
早把祝虎連人和馬搠翻在地，眾軍亂上，剁做肉泥。
前軍四散奔走。孫立、孫新迎接宋公明入莊。東路祝
龍鬥林沖不住，飛馬望莊後而來，到得吊橋邊，見後
門頭解珍、解寶把莊客的屍首一個個擄將下來火燄裏。
祝龍急回馬望北而走，猛然撞着黑旋風，踴身便到，
輪動雙斧，早砍翻馬腿。祝龍措手不及，倒撞下來，
被李逵只一斧，把頭劈翻在地。祝彪見莊兵走來報知，
不敢回，直望扈家莊投奔，被扈成叫莊客捉了，綁縛了
解來見宋江，恰好遇着李逵，只一斧，砍翻祝彪頭來，
莊客都四散走了。李逵再輪起雙斧，便看着扈成砍來。
扈成見局面不好，投馬落荒而走，棄家逃命，投延安
府去了。

宋江已在祝家莊上正廳坐下，眾頭領都來獻功，生擒得四五百人，奪得好馬五百餘匹，活捉牛羊不計其數。宋江見了，大喜道："只可惜殺了欒廷玉那個好漢！"只見軍師吳學究引着一行人馬，都到莊上來與宋江把盞賀喜。宋江與吳用商議，要把這祝家莊村坊洗蕩了。石秀稟說起這鍾離老人指路之力，"也有此善心良民在內，亦不可屈壞了好人。"宋江聽罷，叫石秀去尋那老人來。石秀去不多時，引着那個鍾離老人來到莊上，拜見宋江、吳學究。宋江取一包金帛賞與老人，道："不是你這個老人面上有恩，把你這個村坊盡數洗蕩了，不留一家；因為你一家為善，以此饒了你這一境村坊人民。"那鍾離老人只是下拜。宋江一面把祝家莊多餘糧米盡數裝載上車，金銀財賦犒賞三軍眾將，其餘牛羊騾馬等物將去山中支用。打破祝家莊，得糧米五十萬擔。又得若干新的頭領：孫立、孫新、解珍、解寶、鄒淵、鄒閏、樂和、顧大嫂。並救出七個好漢。孫立等將自己馬也捎帶了自己的財賦，同老小樂大娘子跟隨了大隊軍馬上山。當有村坊鄉民，扶老挈幼，香花燈燭於路拜謝。宋江等眾將一齊上馬，連夜便回山寨。

十　梁山泊英雄排座次

　　話説宋公明，一打東平，兩打東昌，回歸山寨，計點大小頭領共有一百單八員。遂對眾弟兄道："宋江自從鬧了江州，上山之後，皆託賴眾弟兄英雄扶助，立我為頭。今者，共聚得一百八員頭領，心中甚喜。自從晁蓋哥哥歸天之後，但引兵馬下山，公然保全，此是上天護佑，今者，一百八人，皆在面前聚會，端的古往今來，實為罕有。從前兵刃到處，殺害生靈，無可懺謝。我心中欲建一羅天大醮，報答天地神明眷佑之恩。一則祈保眾弟兄身心安樂；二則惟願朝廷早降恩光，赦免逆天大罪，眾當竭力捐軀，盡忠報國，死而後已；三則上薦晁天王，早生天界，世世生生，再得相見。未知眾兄弟意下若何？"眾頭領都稱道："此是善果好事，哥哥主見不差。"吳用便道："先請公孫勝一清，主行醮事。仍使人收買一應香燭、紙馬、祭儀、素饌、淨食，並合用一應物件。"商議選定四月十五日為始，七晝夜好事。

　　是日晴明得好，天和氣朗，月白風清。宋江、盧俊義為首，吳用與眾頭領為次拈香。公孫勝作高功，主行齋事，關發一應文書符命，與那四十八員道眾，每日三朝，至第七日滿散，宋江要求上天報應，特教公孫勝專拜青詞，奏聞天帝。卻好至第七日三更時分，只聽得天上一聲響，如裂帛相似，正是西北乾方天門

上，眾人看時，直豎金盤，兩頭尖，中間闊，又喚做
"天門開"，又喚做"天眼開"，裏面毫光，射人眼目，
雲彩繚繞，從中間捲出一塊火來，如栲栳之形，直滾
下虛皇壇來。那團火繞壇滾了一遭，竟鑽入正南地下
去了。眾道士下壇來。宋江隨即叫人將鐵鍬鐵鋤頭，
掘開泥土，跟尋火塊。那地下掘不到三尺深淺，只見
一個石碣，正面兩側，各有天書文字。取過石碣看時，
上面乃是龍章鳳篆蝌蚪之書，人皆不識。

眾道士內，有一人姓何，法諱玄通，對宋江說道：
"小道家間祖上留下一冊文書，專能辨驗天書。那上面
都是自古蝌蚪文字，以此貧道善能辨認。譯將出來，便
知端的。"宋江聽了大喜，連忙捧過石碣，教何道士看
了，良久，說道："此石都是義士大名，鐫在上面。側
首一邊是'替天行道'四字，一邊是'忠義雙全'四字。
頂上皆有星辰南北二斗，下面卻是尊號。若不見責，
當以從頭一一敷宣。"宋江道："幸得高士指迷，緣分
不淺。倘蒙見教，實感大德。"

宋江喚過聖手書生蕭讓，用黃紙謄寫。何道士乃
言："前面有天書三十六行，皆是天罡星；背後也有天
書七十二行，皆是地煞星。下面註着眾義士的姓名。"
觀看良久，教蕭讓從頭至後，盡數抄謄。

石碣前面書梁山泊天罡星三十六員：

天魁星呼保義宋江　　　天罡星玉麒麟盧俊義
天機星智多星吳用　　　天閒星入雲龍公孫勝
天勇星大刀關勝　　　　天雄星豹子頭林冲
天猛星霹靂火秦明　　　天威星雙鞭呼延灼
天英星小李廣花榮　　　天貴星小旋風柴進
天富星撲天鵰李應　　　天滿星美髯公朱仝
天孤星花和尚魯智深　　天傷星行者武松
天立星雙槍將董平　　　天捷星沒羽箭張清
天暗星青面獸楊志　　　天佑星金槍手徐寧
天空星急先鋒索超　　　天速星神行太保戴宗
天異星赤髮鬼劉唐　　　天殺星黑旋風李逵
天微星九紋龍史進　　　天究星沒遮攔穆弘
天退星插翅虎雷橫　　　天壽星混江龍李俊
天劍星立地太歲阮小二　天平星船火兒張橫
天罪星短命二郎阮小五　天損星浪裏白條張順
天敗星活閻羅阮小七　　天牢星病關索楊雄
天慧星拚命三郎石秀　　天暴星兩頭蛇解珍
天哭星雙尾蠍解寶　　　天巧星浪子燕青

石碣背面書地煞星七十二員：

地魁星神機軍師朱武　　地煞星鎮三山黃信
地勇星病尉遲孫立　　　地傑星醜郡馬宣贊
地雄星井木犴郝思文　　地威星百勝將軍韓滔
地英星天目將彭玘　　　地奇星聖水將軍單廷珪
地猛星神火將軍魏定國　地文星聖手書生蕭讓

地正星鐵面孔目裴宣　　地闊星摩雲金翅歐鵬
地闔星火眼狻猊鄧飛　　地強星錦毛虎燕順
地暗星錦豹子楊林　　　地軸星轟天雷凌振
地會星神算子蔣敬　　　地佐星小溫侯呂方
地佑星賽仁貴郭盛　　　地靈星神醫安道全
地獸星紫髯伯皇甫端　　地微星矮腳虎王英
地慧星一丈青扈三娘　　地暴星喪門神鮑旭
地默星混世魔王樊瑞　　地猖星毛頭星孔明
地狂星獨火星孔亮　　　地飛星八臂哪吒項充
地走星飛天大聖李袞　　地巧星玉臂匠金大堅
地明星鐵笛仙馬麟　　　地進星出洞蛟童威
地退星翻江蜃童猛　　　地滿星玉旛竿孟康
地遂星通臂猿侯健　　　地周星跳澗虎陳達
地隱星白花蛇楊春　　　地異星白面郎君鄭天壽
地理星九尾龜陶宗旺　　地俊星鐵扇子宋清
地樂星鐵叫子樂和　　　地捷星花項虎龔旺
地速星中箭虎丁得孫　　地鎮星小遮攔穆春
地羈星操刀鬼曹正　　　地魔星雲裏金剛宋萬
地妖星摸着天杜遷　　　地幽星病大蟲薛永
地伏星金眼彪施恩　　　地僻星打虎將李忠
地空星小霸王周通　　　地孤星金錢豹子湯隆
地全星鬼臉兒杜興　　　地短星出林龍鄒淵
地角星獨角龍鄒閏　　　地囚星旱地忽律朱貴
地藏星笑面虎朱富　　　地平星鐵臂膊蔡福
地損星一枝花蔡慶　　　地奴星催命判官李立
地察星青眼虎李雲　　　地惡星沒面目焦挺

地醜星石將軍石勇	地數星小尉遲孫新
地陰星母大蟲顧大嫂	地刑星菜園子張青
地壯星母夜叉孫二娘	地劣星活閃婆王定六
地健星險道神郁保四	地耗星白日鼠白勝
地賊星鼓上蚤時遷	地狗星金毛犬段景住

梁山泊一百零八壯士均已上應天象，排定位置。當時何道士辨驗天書，教蕭讓寫錄出來，讀罷，眾人看了，俱驚訝不已。宋江與眾頭領道：“鄙猥小吏，原來上應星魁，眾多弟兄也原來都是一會之人。上天顯應，合當聚義。今已數足，分定次序，眾頭領各守其位，各休爭執，不可逆了天言。”宋江遂取黃金五十兩，酬謝何道士。其餘道眾收得經資，收拾醮器，四散下山去了。

宋江與軍師吳學究、朱武等計議：堂上要立一面牌額，大書“忠義堂”三字，斷金亭也換個大牌匾，前面冊立三關。忠義堂後建築雁台一座。頂上正面大廳一所，東西各設兩房。正廳供養晁天王靈位，從新置立旌旗等項。山頂上立一面杏黃旗，上書“替天行道”四字。忠義堂前繡字紅旗二面：

一書“山東呼保義”，一書“河北玉麒麟”。

宋江當日大設筵宴，親捧兵符印信，頒佈號令：

諸多大小兄弟，各各管領，悉宜遵守，毋得違誤，有傷義氣；如有故違不遵者，定依軍法治之，決不輕恕。

計開：

梁山泊總兵都頭領二員：

　呼保義宋江、玉麒麟盧俊義。

掌管機密軍師二員：

　智多星吳用、入雲龍公孫勝。

一同參贊軍務頭領：

　神機軍師朱武。

掌管錢糧頭領二員：

　小旋風柴進、撲天鵰李應。

馬軍五虎將五員：

　大刀關勝、豹子頭林冲、霹靂火秦明、雙鞭呼延灼、雙槍將董平。

馬軍八驃騎兼先鋒使八員：

　小李廣花榮、金槍手徐寧、青面獸楊志、急先鋒索超、沒羽箭張清、美髯公朱仝、九紋龍史進、沒遮攔穆弘。

馬軍小彪將兼遠探出哨頭領一十六員：

　鎮三山黃信、病尉遲孫立、醜郡馬宣贊、井木犴郝思文、百勝將韓滔、天目將彭玘、聖水將單廷珪、神火將魏定國、摩雲金翅歐鵬、火眼狻猊鄧飛、錦毛虎燕順、鐵笛仙馬麟、跳澗虎陳達、白花蛇楊春、錦豹子楊林、小霸王周通。

步軍頭領一十員：
花和尚魯智深、行者武松、赤髮鬼劉唐、插翅虎雷橫、黑旋風李逵、浪子燕青、病關索楊雄、拼命三郎石秀、兩頭蛇解珍、雙尾蝎解寶。

步軍將校一十七員：
混世魔王樊瑞、喪門神鮑旭、八臂哪吒項充、飛天大聖李袞、病大蟲薛永、金眼彪施恩、小遮攔穆春、打虎將李忠、白面郎君鄭天壽、雲裏金剛宋萬、摸着天杜遷、出林龍鄒淵、獨角龍鄒閏、花項虎龔旺、中箭虎丁得孫、沒面目焦挺、石將軍石勇。

四寨水軍頭領八員：
混江龍李俊、船火兒張橫、浪裏白條張順、立地太歲阮小二、短命二郎阮小五、活閻羅阮小七、出洞蛟童威、翻江蜃童猛。

四店打聽聲息，邀接來賓頭領八員：
（東山酒店）
小尉遲孫新、母大蟲顧大嫂；
（西山酒店）
菜園子張青、母夜叉孫二娘；

（南山酒店）

　旱地忽律朱貴、鬼臉兒杜興；

（北山酒店）

　催命判官李立、活閃婆王定六。

總探聲息頭領一員：

　神行太保戴宗。

軍中走報機密步軍頭領四員：

　鐵叫子樂和、鼓上蚤時遷、金毛犬段景住、白日鼠白勝。

精選水滸傳

梁山泊英雄排座次

守護中軍馬軍驍將二員：

　小溫侯呂方、賽仁貴郭盛。

守護中軍步軍驍將二員：

　毛頭星孔明、獨火星孔亮。

專管行刑劊子二員：

　鐵臂膊蔡福、一枝花蔡慶。

專掌三軍內探事馬軍頭領二員：

　矮腳虎王英、一丈青扈三娘。

掌管監造諸事頭領一十六員：

　行文走檄調兵遣將一員，聖手書生蕭讓；定功賞罰軍政司一員，鐵面孔目裴宣；考算錢糧支出納入一員，神算子蔣敬；監造大小戰船一員，玉旛竿孟康；專造一應兵符印信一員，玉臂匠金大堅；專造一應旌旗袍襖一員，通臂猿侯健；專治一應馬匹獸醫一員，紫髯伯皇甫端；專治諸疾內外科醫士一員，神醫安道全；監督打造一應軍器鐵甲一員，金錢豹湯隆；專造一應大小號炮一員，轟天雷凌振；起造修緝房舍一員，青眼虎李雲；屠宰牛馬豬羊牲口一員，操刀鬼曹正；排設筵宴一員，鐵扇子宋清；監造供應一切酒醋一員，笑面虎朱富；監築梁山泊一應城垣一員，九尾龜陶宗旺；專一把捧"帥"字旗一員，險道神郁保四。宣和二年四月吉旦，梁山泊大聚會，分調人員告示。

　　當日梁山泊宋公明傳令已了，分調眾頭領已定，各各領了兵符印信。眾頭領各歸所撥房舍。中間有未定執事者，都於雁台前後駐紮聽調。

　　號令已定，各各遵守。

　　正是：

> 光耀飛離士窟間，天罡地煞降塵寰。
> 說時豪氣侵肌冷，講處英雄透膽寒。
> 仗義疏財歸水泊，報仇雪恨上梁山。
> 堂前一捲天文字，休與諸公仔細看。

憑甚麼講義氣

　　美國女作家賽珍珠將《水滸傳》翻譯成英文時，定名為《All Men Are Brothers》，即《四海之內皆兄弟》，可謂精闢。一部《水滸傳》，通篇可見"義氣"二字。

　　"義氣"本來是個好東西。男人之間的相互信賴、忠於情義，危難時刻捨生忘死相互救助，是人性中美好而溫暖的一面。在《水滸傳》中亦不乏這種義薄雲天的美德，彼此之間一旦互相投合，即使初識也可互託生死，為了救助朋友不惜犧牲生命。

　　像九紋龍史進，本是薄有田產的少爺，為了義氣毀了家財，為了朋友毀了大好前程。在他蹲入華州大牢的時候，同樣義氣深重的魯智深單槍匹馬前來營救。還有魯智深對林冲的一路暗中保護；宋江冒險向晁蓋七人通風報信；梁山兄弟冒死劫法場等等俠義之事。

　　只是，《水滸傳》中的"義氣"，與傳統的"捨生取義"、"義薄雲天"不同，更多的還是"綠林義氣"。在梁山眾人眼中，"義"是狹隘的，梁山好漢的行為才是義舉，梁山好漢之間才有義氣。像取生辰綱、打劫過往客商的財物，梁山人的這些行為都被視為"義舉"，而非梁山中人的崔道成、邱小乙等人，同樣做着偷竊與搶劫的勾當，卻被視為強盜，要一棒打死。李逵為了營救宋江，血洗法場，卻視普通百姓人命於草芥。這些大概就是魯迅先生所說的"水滸氣"吧。

　　《水滸傳》中的"義氣"還到處充斥着金錢的味道。"仗義疏財"是梁山人認同的英雄俠義的標準，在梁山人眼中以"義氣"聞名的英雄好漢都是慷慨大方如晁蓋、柴進、宋江者。他們走到哪裏金錢就撒到哪裏，做了一筆筆的人情投資，贏得了"及時雨"的名號，江湖人聽其名號無不敬而仰之，佩服得五體投地，遂死心塌地跟隨。

　　梁山頭號首領宋江，不過"文墨精通、吏道嫻熟"的一介小吏而已，既沒有出眾的武藝，也沒有非凡的謀略和才學，為何能坐上梁山的頭把交椅？正如他自己所說—"手裏有幾個閒錢"而已。他平日最常見的動作就是掏錢，也就是這個原因，使他贏得"及時雨"的美名，賺取了梁山眾人的欽服與義氣。

　　還有柴進，如果他平日沒有揮金如土，款待接納四方江湖好漢，在他落難之時，也就不會有梁山人全體下山來營救。

　　梁山眾人中大多是喪失了產業、走投無路的遊民，或者有案底在身、無處可避的逃犯，他們沒有多餘的錢財來收買人心講義氣，他們只祈求過上"不怕天、不怕地、不怕官司；論秤分金銀，一樣穿綢錦；成甕吃酒，大塊吃肉"的生活。反觀宋江、晁蓋、柴進等人，都是官吏或者富戶出身，他們不愁吃穿，有閒錢結識天下好漢，所以被譽為"忠義之士"。可見，梁山的"義氣"，也不是人人都講得的。

趣味重溫（二）

一、你明白嗎？

1. 王倫為梁山泊寨主時，晁蓋是附近鄆城縣東溪村的保正，但為人仗義疏財，也多有人投奔。試連線下列最先投到二人名下的好漢。

                                       吳用

                                       杜遷

王倫：   宋萬

                                       林冲

                                       公孫勝

晁蓋：   阮氏兄弟

                                       朱貴

                                     劉唐

2. 幫助宋江打下祝家莊的八名"外援"是：（　　　　）；其中最關鍵的人物是：（　　　　　　　）

  a. 解珍   b. 石秀   c. 鄒閏   d. 樂和   e. 孫新

  f. 解寶   g. 孫立   h. 杜興   i. 顧大嫂   j. 鄒淵

二、想深一層

1. 〈智取生辰綱〉中蒙汗藥是甚麼時候下到酒桶裏的？

  a. 預先就下在另一個酒桶裏，晁蓋方用倒一人的方法誘倒楊志方所有人。

  b. 在松林中預先下在瓢裏，故意用這個瓢去舀酒，復倒回酒桶。

  c. 根本沒下在酒桶，而是送給楊志方的棗子是用蒙汗藥浸過的。

2. 根據故事對下列武松打虎的情節重新排序，並體會作者是如何推動情節發展的。

   a. 那大蟲只剩口裏兀自氣喘，武松放手，找來打折的哨棒，又是一通亂打，眼見氣沒了，方才丟了棒。

   b. 藉着酒勁上山，初始並沒發現老虎，笑人"人自怕了"。

   c. 武松買酒"三碗不過岡"，不顧店家勸告，豪飲十八碗。

   d. 山神廟前讀榜文，武松方信真有虎，想返回卻又怕店家恥笑。

   e. 跳出一隻吊睛白額大蟲來，武松見了，叫聲"阿呀！"酒都做冷汗出了。

   f. 走不到半里多路，只見枯草中又鑽出兩隻大蟲來。武松道："阿呀！我今番罷了！"武松定睛看時，卻是兩個人。

   g. 武松趁大蟲復翻身回來，雙手輪起哨棒，盡平生氣力劈去，結果打急了，打在枯樹上，哨棒折做兩截，只拿得一半在手裏。

   h. 大蟲性發再撲，武松趁機揪住大蟲頂花皮肐膌地，隻腳望大蟲面門上、眼睛裏亂踢。偷出右手來，盡平生之力打得五七十拳。

   i. 店家留宿，並告知岡上有虎，武松反説店家要謀他錢財。

   j. 武松想"就地拖得這死大蟲下岡子去？"結果發現自己手足都蘇軟了。只得再來青石上坐了半歇，轉過亂樹林邊，一步步捱下岡子來。

   k. 大蟲一撲、一掀、一翦，武松三次閃過。

3. 宋江勒馬看時，莊上不見刀槍人馬，心中疑忌，猛省道："我的不是了，天書上明明戒説，'臨敵休急暴。'是我一時見不到，只要救兩個兄弟，以此連夜進兵，不期深入重地，直到了他莊前，不見敵軍。他必有計策，快教三軍且退。"

從上段文字，可以看出宋江怎樣的性格？

a. 膽大心細

b. 重義氣

c. 善於自我批評

d. 衝動急暴

e. 知錯必改

三、延伸思考：

1. 楊志為楊令公之孫，不僅武藝超群，而且為人十分謹慎精明，結果卻還是免不了被蒙汗藥迷倒，痛失“生辰綱”。從小說情節看，你認為楊志失敗的原因是在哪裏呢？假設你是楊志，你又將如何護送此“生辰綱”呢？

2. 從故事看，宋江發兵攻打祝家莊，緣只為祝家三兄弟“太無禮”；打下祝家莊後又差點血洗祝家莊；雖獎賞了鍾離老人，卻將祝家莊多餘糧米、牛羊騾馬等盡數弄回山寨，金銀財賦犒賞眾將。你怎樣看待他們的這些行為以及後來上天神示的“替天行道”的旗號？

參考答案

趣味重溫（一）

一、你明白嗎?

1. （柳大郎）、（董將士）、（小蘇學士）、（小王都太尉）、（端王）

2.

呼保義 ── 宋江
豹子頭 ── 林冲
玉麒麟 ── 盧俊義
入雲龍 ── 公孫勝
青面獸 ── 楊志
黑旋風 ── 李逵
小旋風 ── 柴進
赤髮鬼 ── 劉唐

二、想深一層

1. a. 身份：（禁軍教頭）

b. 丟官原因：（得罪高俅父子）

c. 面對打壓時的態度：（王進－逃跑；林冲－忍氣吞聲）

d. 最終歸宿：（王進－邊疆為將；林冲－逼上梁山）

2. a. 邀林冲喝酒，調虎離山

b. 行賄官差讓其在半路殺林冲

c. 縱火欲燒死林冲

3. c

4. b

5. d

6. d

7. a

三、延伸思考

（此部分不設答案，可自由回答）

趣味重溫（二）

一、你明白嗎?

1.

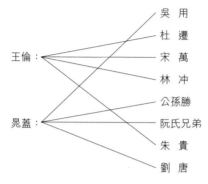

2. a c d e f g l j;g

二、想深一層

1. b

2. c i b d e k g h a j f

3. b c e

三、延伸思考

（此部分不設答案，可自由回答）